こころの花

あなたと共に

村松英子

講談社

こころの花

あなたと共に

装幀　熊谷博人
装画　松本弘子

はじめに

五年前（一九九八年）から、カトリックの月刊誌「家庭の友」（サンパウロ刊）に私の連載が始まりました。まだ連載中ですが、今秋までの分を、このたび講談社が、一冊の本にして下さることになりました。

「家庭の友」には以前も連載したことがあって、二十年ぶりでした。今回は、執筆中の田中澄江先生が入院され、その後を編集部から託されてのことです。田中先生は、演劇の世界でも、信仰の上でも大先輩です。その先生に私は身に余るほど信頼して頂き、主人が十六年前に病没してからは、慰め励まして頂いておりました。先生の後を継ぐことになったのは、ただの偶然ではないように感じました。文中に、度々、田中先生のことを書きましたのは、自然な流れなのです。

月刊誌の連載では、毎回読む方と、新しく読む方との両方を意識します。新しい読者のために、改めて人物の説明を繰り返す場合も生じます。例えば、私の父の経歴や主人の病気の説明などが、それにあたります。本にまとめる際に、説明の重複は極力はぶきました。が、多少は繰り返しの部分が残ったかもしれず、その点、お詫び申し上げます。

はぶく、といえば、その時点だけで過ぎた報道に関わるもの、私の受け持つ「読売文化講座」

で「文化の旅」に行った話など、多くを、頁（ページ）数の関係で、割愛しました。

カトリックの月刊誌という性格上、時々、聖書からの引用をしました。主に「フランシスコ会訳注」の「新約聖書」からです。文語訳は、昔の「舊（きゅう）新約聖書」（日本聖書協会刊）から。また、カトリックとプロテスタントの「キリスト教一致運動（エキュメニズム）」で、（私がレギュラーをつとめたラジオ番組で様々な教会音楽をとり上げたことから）御褒美に、立派な「聖書・旧約聖書続編つき　新共同訳」を贈られました。嬉しくて、「救われたい私たち」の文中には、そこから引用しました。

「イエズス」が、ここだけ「イエス」と書かれているのは、そのためです。※

宗教的な言葉、また五年間に変化した名称には、※印の注釈をつけ、当時のままの表現にしました。

五年にわたる連載が年代順に編（あ）まれたものを、いま読み返すと、その時々の心境を改めて思い出します。カトリック誌の「家庭の友」という月刊誌の性格を、意識して書いたことは事実です。が、同時に、カトリック教会とサンパウロ編集部の寛大さに安心して、かえって自由奔放に書いていると、我ながら思います。本書を通じて、神様の懐（ふところ）の深い愛を感じて頂けたら、新しい「お友だち」が増えたら嬉しいと思います。

※　元来、カトリックではイエズス、プロテスタントではイエスという。

こころの花　あなたと共に＊目次

第一章　一九九八年

人生は過程

「私が山に登るのはね」と、山登りのお好きな田中澄江先生はおっしゃいました。「ただ登るのが目的じゃないの。途中の道ばたに咲く、高山植物の小さな草花を見たり、景色を眺めたり、それを楽しみにして登るのよ。年配の女の人たちも誘うし、ゆっくりだけれど登り続けると、いつのまにか頂上に出るのよ」そうおっしゃる先生のお顔を見ながら、私は「人生のおはなし」のようだと思ったものです。

「私たちはみんな、生まれた瞬間から、死への階段を登り始める」といった意味のことを「生と死を考える会」を主宰しておいでのA・デーケン神父様はおっしゃっています。「大事なのは登る過程（生きかた）である」と。人生は、すなわち過程——なにごとでも、大事なのは、目的にむかった時の過程（プロセス）でしょう。登り続ける途中で、道ばたに咲く草花や景色を眺める余裕が、私たちの想像力や創造力、慈愛や友情を育ててくれるように思います。人生を愛するとは、その姿勢にありましょう。

過程の貴重さを忘れて、結果だけを重視する風潮が、いつのころからか激しくなりました。手っとりばやく試験で良い点をとること、仕事で成功すること、それだけが大事、といった風潮です。いつのころからか、俳優志望の若い人たちの間にも、良い俳優になることよりも、早く有名になることを目的とする人たちがふえました。これは一方で、テレビや宣伝社会の影響でしょうが、有名も良いけれど見せるべき作品（演技力）はいつ蓄えるの、などといっても彼らの耳には届きません。ずっと以前のことですが、「週刊誌に書かれるようになりたい」が口癖の若い女優さんがいました。美人だし、野心があるのだから、きちんと演技の勉強をすれば大丈夫、という私の忠告にはウワの空。その後、彼女とのつきあいはなくなりましたが、ある日、女性週刊誌がいっせいにとりあげた記事を見て驚きました。ある既婚の有名俳優の、女性問題の相手の一人として彼女が出ていたのです。あの娘はいまどんな心境かしら、と私は複雑な思いにとらわれたものでした。

一方で、生真面目（きまじめ）に舞台の演技を磨こうと努力している若い人たちもいて、彼らの多くはアルバイトで生活費を稼いでいます。俳優として残るのは、その何割かで、あとは家庭の事情とか、本人の選択で、いずれ別の仕事に切りかえてゆきます。どちらが幸せかは、わかりません。でも良い俳優になりたいと眼を輝かせ、日々努力と進歩をしてくれる若い人たちと一緒に芝居の稽古（けいこ）をする過程では、こちらも勉強になるし、さわやかな喜びがあります。彼らは将来、たとえどんな道を行くことになっても、共有した時間を無駄にはしないだろう、と思えるのです。

試験も、どんな仕事も、そして人生も、過程を丁寧に大事にすることで、「結果はうしろから追いかけてくるもの」だという真実に、私は励まされます。それが「生きることの真実」でしょう。その時、見えた（ように思える）結果だけを短絡的にすべてだと思いこみ、学校でおちこぼれたり、さっさと自殺したり、（今風にいうと）キレて人殺ししたりする。余裕のない風潮に冒された子どもたちのことをよく見聞きします。いま可哀相な子どもたちが多い。ということは、まず家庭に問題がある、とききます。日本は、なりふり構わずの働きで経済大国になったかわりに、拝金主義となり、また都市部へ移住の核家族を大量生産し、家族分離の家庭崩壊を招いたようです。

サン・テグジュペリの『星の王子さま』は今から五十年以上前に書かれた傑作です。（日本では内藤濯氏の名訳で親しまれています）。小さな星の王子さまが、地球に来て砂漠でキツネと仲好くなると、キツネがいいます。

「……人間てやつぁ、いまじゃ、もう、なにもわかるひまがないんだ。あきんどの店で、できあいの品物を買ってるんだがね。友だちを売りものにしているあきんどなんて、ありゃしないんだから、人間のやつ、いまじゃ、友だちなんか持ってやしないんだ……」

この、キツネのいう「友だち」のところに、「本当の家庭」ということばをおきかえても、いまは通用するのではないでしょうか。

キツネは王子さまに、友情のしるしに大事な秘密――真実――を教えてくれます。

「……心で見なくちゃ、ものごとはよく見えないってことさ。かんじんなことは、目に見えないんだよ」

「あんたが、あんたのバラの花をとてもたいせつに思ってるのはね、そのバラの花のために、時間をムダにしたからだよ」

私は母親になってから、とくに、このキツネのことばが心によみがえりました。「かんじんなことは目に見えない」と、王子さまのように、心にくり返しました。そして、子どもたちのために「時間を使うこと」がどんなに子どもたちと私にとって貴重なことかを、幸せに体験しました。

加えて、十一年前（一九八七年）に主人が病没した時、娘は九歳、息子は五歳でしたから、再開し始めた舞台やテレビを、また抑えました。ラジオは五年間カトリックの番組を持ちましたが、舞台とテレビは、朗読やナレーション程度にしぼりました。子どもたちとすごす時間が余計にとれる仕事（幸い、短大の英文科教授と他にも大学などで教える仕事や、倉敷に新設された劇場の演劇担当理事兼制作・初代館長などを依頼され）にしぼりました。成長してきた子どもたちにすすめられて一昨年から女優業を再開したところです。（大学は一昨年から昨年にかけての、母校

の慶応大学での特別講義でひとまず終わり）

嬉しいのは、「一緒に時間をすごすことの貴重さ」が、子どもたちの身についたらしいことです。いま大学三年の娘は常に私を手伝う時間を作り、友だち優先の年頃の高校二年の息子は極力、私たちと日程を伝えあって、一緒の時間を見付けて大事にしています。人生は決してひとりでは生きられない。手をとりあって山登りをするようなものです。子どもたちの幼い日から始まる自立の過程を邪魔しないように、保護し、導き、見守る責任の重さを改めて思います。

そうして、「私が山に登るのはね」という田中澄江先生のことばを思い出すとき、何だかほのぼのとした気持ちになるのです。

家の灯

「見て。お母ちゃまのお好きなオレンジ色の笠の灯がついてる」と娘。

「ほんとだ。温かい灯だね。電気がついていて良かったね」と息子。

首都高速を車で走ると、わが家から比較的近いあたりに、オレンジ色の灯が目立つ窓が見えます。昼間見ると電気の笠がオレンジ色。そのため、白熱灯の電球に明かりがともると、白熱灯が放つオレンジ色と、笠の色が二重に重なって輝くのです。

——白熱灯にこだわるのは、蛍光灯だと、光に温かみが感じられなくて、事務所のようだからです——この窓に気がついたのは、十五年近く前だったと思います。息子が生まれて一年後、私は鳥取の女子短大に毎月一回、教授として講義に通うようになりました。飛行機嫌いの私としては、以前から時々地方に講演に行く時、できるだけ列車で行って、仕方のない時だけ、飛行機にしていました。中でも鳥取は、飛行機が一番便利なので、必ず月一回、十数年、乗り続けました。後半に札幌の大学の講義も持ったので、これも飛行機。

羽田から家に帰る車の中から「もうすぐ、幼い娘や息子に会える、主人（が生きていた間は）に会える」とはずむ心で外を眺めると、家々やマンションの窓の、温かい灯が、私の疲れを癒してくれました。その中でもひときわ目立ったのが、前述のオレンジ色の笠の窓でした。高速を走る車からは、笠の部分しか見えないので、その下にどんな人たちが居るのかわかりません。でも私は段々に、その部屋の人たちに親しみを覚えて、その部屋が真暗だと淋しく思うようになりました。

オレンジ色の窓の話を、私が娘や息子にしたのは、大分、年月がたってからです。十二年前に主人が血液癌（急性骨髄性白血病）で倒れ、八ケ月後つまり十一年前に亡くなったため、それどころではなかったからです。主人が亡くなった日、娘は九歳、息子は前日に五歳になったばかりでした。

時は流れ、娘は大学に入ると、アルバイト代でこっそり免許証をとり、真先に私に見せて驚かせました。わが家の車を娘が運転してくれるようになってから、息子と三人で高速道路を走っている時に、やっとあの窓の話をしたのでした。例のオレンジ色の笠は健在で、子どもたちはすぐ私の気持を理解してくれました。それ以来、夜の高速を走る時は、娘がいちはやく、あの窓の灯に気付くのです。冒頭の会話を交わしたのは最近、娘が二十一歳の誕生日を迎えてからで、息子は十六歳。私は感慨無量です。

外から見える家々の、オレンジ色の白熱灯の光が好きになったのは、私が幼い時からのことです。二、三歳の頃から、夕方、父に抱かれて外出から帰る度に、近くの家の二階の窓の灯を、いつも懐かしく眺めた覚えがあります。その家が蔦(つた)のからんだ洋館だったことも。

九歳頃の思い出も強く残っています。その夏、母と叔父につれられて、両親の友人の鎌倉のお宅に、海水浴がてら遊びに行きました。母と叔父は、その友人に用事があったのでしょう。とにかく私は、その家の大そう優しい子どもたちと一緒に、浜辺で実に楽しく遊びました。夕食を御馳走になった後で電車に乗った時、私は半分眠っていました。「疲れた？」と母。「眠いわ」と答えた私に、九歳の娘に眠りこまれては抱いて帰れない、と恐れたのか母は「窓の外を見て御覧なさい」と言いました。とっぷりと暮れた暗くもの寂しい景色の中で、遠くに近くに光る家々の温かい灯。「いろんなおうちの灯がきれいね」と私が言うと母は「きれいでしょう。どこのおうちでも、あの灯の下に家族が集まっているのよ。うちでも、お父さまとお兄ちゃまが、英子ちゃんの帰るのを待っていて下さるのよ。だから眠りこまないで、目を覚まして帰りましょ」母が必死だったので、私は少し居眠りした程度で、わが家の灯の下に帰って父と兄に報告することで頭を一杯にしたのです。

この時の印象は、私の心に刻みこまれました。二、三歳の頃から、窓の灯が懐かしかったのも、それが、家族の団欒を伝える灯だったからだ、と納得したのです。

――空を真紅に染めて陽が沈む夕映えは、派手ですが、その後に来る夕暮れの景色は寂しいものです。そこで家々にともされる灯は、ほのぼのとした安らぎと慰めを与えてくれます。家庭の温もり、人肌の温もりを、感じさせてくれるからでしょう。

寂しい夕暮れ時から家々に輝く、明るい、温かい灯。その灯に慰められる敏感さは、私の幼い時からいまに到るまで、(そしてきっとこれからも)続いています。

そのせいもあってか、「独り暮しを始めて一番辛いのは、夕刻、真暗な部屋に帰ることです」などと、若者が言うのをきくと可哀相でたまらなくなります。それならまだ、健全な状態と言えますが、「夕方、家に帰っても、父はもちろん、母もいなくて、部屋は真暗」という子どもたちの声には、もっとたまらなくなります。事情があって、両親共働き、という家庭なら、子どもも納得せざるを得ず、親と一緒に工夫もこらせるでしょう。でも、母親が遊びに出掛けているために、ほぼ毎日、真暗な家に帰らなければならない子どもがいる、ときくと、子どもへの同情の余り、母親に腹が立ってきます。「お子さんがもし、非行に走ったら、完全にあなたのセイですよ」と言いたくなります。非行に走る子どもたちの大部分は「淋しい」のですから。

幸いなことに、わが娘と息子の親友たちは、温かい灯をともす家庭の子どもたちです。他校の子から、娘が高校時代に、週末の夜の遊びに誘われて「週末は家族団欒の日だから」と断ると「カワッテルウ」と言われたと、笑っていたことがありました。「ダンランなんてフルイ言い方だと。「団欒のない御家庭の子なの?」ときくと「たぶん。よく知らない人たちだから。でも最近はそういうお宅も多いようよ」と、高校生だった娘は言いました。

団欒が、家族の結びつきが、家庭が、こわれるのは恐ろしいことです。温かい人間関係の原点は家庭にあるのに、それがこわれることは、社会も、国も、こわれることに結びつきます。——聖書を開くと、イエズス様は、驚くほど数多くの機会に、人々と食卓を囲んでおいでです。人との結びつきの原点を、食卓を囲む団欒だと、身をもって示しておいでのように見えます。——そう、寂しい夕暮れ時から家々にともる温かい灯に、私は「愛」を見ていたのだと思います。

ある思い出

「この子、私の娘のメイ子ですのよ」と、知り合ったばかりの老婦人が、私を母に紹介しました。一見、健常に見える、小柄で身ぎれいなその老婦人は、かなり呆けておいでででした。私の母も、呆けてはいたけれど、まだ相当、解っていたので、「そうですか」と、ニコニコして調子をあわせていました。七年位前（一九九一年頃）だったでしょうか。母の世話をしていた古くからのお手伝いさんを休ませるために、何回か施設のショート・ステイ（一週間）をお願いした時のことです。施設の職員の案内で、私が母の車椅子を押して個室に入り、手廻り品を並べていると、前述の老婦人が、突然、部屋に入ってきました。そして床の上にあった母の紙袋を手にとると、さっさと出て行ったのです。「Aさん、それ貴女のじゃありませんよ」施設の職員が慌てて追いかけて、とり戻しました。

「あのかた、御自分の物と他人の物の区別がつかなくなるクセがおありで」と、施設の職員は苦笑して説明しました。私は心配になって、ききました。「持って行かれると、本当に困る物は、母の眼鏡と、夜はずして寝る入れ歯だけですけど。大丈夫ですかしら」。職員は考えこみました。「ここではドアはあけっ放しですし、お母さまは車椅子ですしねえ」。結局、母の部屋は、自力で歩けない人ばかりの階へ移して下さいました。そんなわけで、Aさんは、強烈に私の印象に残ったのです。寝室は別の階に移ったけれど、母は車椅子で動けて、自力で食事ができたので、食事やおやつには、元の階にある食堂につれて来られました。それで、私はしばしば、Aさんと顔をあわせることになったのです。彼女は私を見ると「ねえ、私、貴女に御相談があるの」と、私の手を摑んで隅へつれてゆきたがるのでした。そのたびに私は「お母さま、一寸待っていらしてね」と、しばらく母のそばを離れなければならない羽目になるのでした。「御相談事」を、全部は覚えていませんが、日常では子どもっぽい範疇に入ることでした。「私のね、青い花模様のハンカチがないの。どこかへ行ってしまったの」といった類のことで、実際、彼女が青い花模様のハンカチを持っていたかどうかも、頼りないのです。でも本人は真剣ですから、私も真面目に「調べてみましょうね」と、職員にききに行きます。職員は馴れたもので「じゃあAさん、一緒にお部屋を確かめてみましょう」と、私を彼女から解放してくれたものでした。「貴女はAさんになつかれましたね」と笑いながら。

そして、ある日私は、彼女の「娘のアイ子」であると、わが母に紹介されたわけでした。気短だった母が、呆け始めてからたいそう辛抱強くなり、娘の私がしょっちゅうAさんに呼ばれるために待たされ、あげくはAさんの娘だと言われても、ニコニコ鷹揚(おうよう)に構えていること、これにも私は驚いたのです。しみじみ思いました。もしかしたら（呆けの影響はあっても）母は、自分のためになら、真っ先に駆けつけてくる娘がいることに安心して、鷹揚なのではないかしら、と。

——呆けが始まる前、手術で入院した頃から、母は口癖のように言いました。「英子ちゃんは、コーデリアだわ。親孝行で。感謝してますよ」と。コーデリアとは、御存知シェイクスピアの「リア王」の末娘です。姉娘たち二人のように、父のリア王の御機嫌をとらなかったコーデリアは、王に冷たくされていたけれど、王が窮地に陥ると、実は一番親孝行だったと解るのです。母のこの口癖に、私の九歳上の兄は嘆きました。「それじゃあ、僕は冷淡な姉娘たちってことか」。兄は東京を離れる仕事が多い上に、女のようには気が利きませんから、「そのせいよ」と私は笑って慰めました。わが家では、兄は母親っ子で、私は父親っ子でした。仲のよい家族でしたが、それぞれに相性というものがあったのです。私は父の影響が大きく、自他の「人格を尊重することの貴重さ」や、執着や小さなエゴでない、条件つきでない「本当の愛の貴重さ」を、父から教えられました。幼い時から父が、私の人格を尊重し、大きい愛で包んでくれたことを通して教えられた、ともいえるでしょう。

カトリックで「愛は好き嫌いという感情とはちがう。（感情は別問題として）相手が困っていたり弱っていたりする時に手をさしのべること――愛とは理性ある愛の行動である」と教わった時、この明快な教えに私は大いに励まされました。「感情は別問題だと明言されると、私たちにも努力しやすいわね」と、友人と囁きあったものです。

父が亡くなる前に「お母さまに淋しい思いをさせないでおくれ」と兄と私に頼んだ時、私は「はい」と言い、兄は複雑な顔をしました。母は兄への偏愛が激しくて、その分お嫁さんへの風当たりが強かったので、兄の悩みは解りました。娘の私には、母は（他人には私を大変自慢したけれど）我儘一杯で向かってきました。母の心を占める兄妹への区別に、私は「兄は九つも年上だし」と思っていたので小さい時は気付きませんでしたが、大きくなって友人たちから指摘されて、なるほどと気付いたものです。結婚してからは、母の我儘は私の主人にも及ぶので、そんな時の元気だった母には、私はコーデリア以上に素気ない物言いをした娘だったと思います。その母が病気になったり、弱ったりすると、自分でも驚くほど心配になり、さらに感情より愛を、という教えを思い、母にとって最善の愛の行動とは何かを考えて動くように努めました。

私の主人の病没後、呆けの始まる頃からの母は、まるで子どものように私に頼るようになりました。私はわが子二人に協力して貰って「子どもがえり」した母とつきあいました。母は、父の亡くなった後、一緒に暮らそうという兄の申し出をはねつけていました。父母の家を二世帯用に改築して、せめて同じ屋根の下に住もうという兄の案も、「イヤよ」と断りました。そして古くからいるお手伝いさんと暮らしたので、呆けて徘徊（はいかい）を始めた間は、近くに住む私が、大変になったのです。足を悪くして車椅子に頼るようになってからの方が、むしろ私たちには安心でした。兄は四年前（一九九四年）に病没。母は昨年（一九九七年）暮れに九十一歳で老衰で大往生をとげました。私の顔だけは決して忘れなかったのは嬉しいことでした。

母との経験を通して、私は高齢の方たちの様々な姿を見る機会を得て、感慨無量になっています。そうして、いまでも時折、「娘のアイ子ですの」と私の手を握りしめた、あの可愛（かわい）い老婦人を思い出すのです。

自分の手入れ

自分の手入れをしなくちゃ、と思うようになって始めたのが、アクアビクスです。エアロビクスの方が、よく知られているでしょう。エアロは空気中の、つまり床上の手足の交互運動。速い動きで音楽にあわせ、汗をかきかきやっている、あれです。アクアビクスは文字通り、水中での、手足の交互運動。速い動きで音楽にあわせて、汗をかくことは、エアロと同じです。

私は元来、海やプールを見ると飛びこみたくなるたちなので、アクアを選びました。加えて、アクアの方が、身体に負担をかけずに、激しい運動になるのだ、と友人にきかされたためもあります。私のように、きちんと定期的に通えない場合は、その方が身体を驚かさないで、激しい運動ができるし、と。

「アクアビクス？　それは大変良いですね」と、お医者様方やカイロプラクティックの先生にも、励まされました。幸いわが家の近くのスポーツクラブに、アクアビクスのクラスがあるので、昨年の秋から始めました。たいそう気に入りました。

水は抵抗があるので、動きには力が要ります。でも浮力のせいで、それほど、苦にならないのです（ある日、エアロビクスのクラスに出てみて、アクアの癖で力みすぎて、変な筋肉痛を起こしてしまったほどです）。汗をかいても水中なので、やはり苦になりません。

水には不思議な作用があります。内臓や筋肉を引き締め、身体中の細胞を活性化してくれるのです。「プールには、消毒薬が沢山入ってますから、後でよく洗って下さい」といわれますが、水で肌もよみがえるようです。

ほとんどが、女ばかりのアクアのクラスに、男の人が一人、二人、小さくなって参加していますが、水の中では、同じような水泳帽だし、肌がツルツルしていて、気付かないほどです。

昨年の秋に始めて、三回くらい通ううちに、たちまち効果が現れました。何よりも、身体中の筋肉が元気付いた感じでした。そしてすぐ、舞台の稽古が始まったので、数ケ月、アクアビクスはお休みしました。

その舞台では、とりわけ体力を消耗する演技が必要でした。私の演劇上の恩師、三島由紀夫先生の『近代能楽集』から「卒塔婆小町」。まず、国立能楽堂で、元の能と並べて上演した後、劇場でも上演しました。「卒塔婆小町」は、小野小町が九十九歳の老婆になって登場。途中で、昔の若い美女小町の姿に変わり、再び老婆に戻る、という、役者としてはたいそう演じ甲斐のある役です。

演出の野村萬蔵氏（人間国宝の狂言師・その後野村萬に改名）に、老婆の時の私は、膝を曲げて低くしゃがみこむ、狂言の老婆の型で歩き廻ることを要求されました（能の老婆の型や、新劇のリアルな型よりもずっと辛い型です。皆が、一寸真似して、すぐやめました）。

その型で、老婆の時の私は、相手役の、背の高い野村良介氏（現在野村与十郎氏）の膝くらいまで小さくなってしまいました。「坊や（彼の一歳の息子）にまとわりつかれているみたいだ」と彼は笑いました。私はいつもは余り汗をかかないので、他の俳優さんたちに「何故なの？」と言われるのですが、この時ばかりは大汗をかきました。激しい全身運動だったようです。それほど辛い型で、稽古と上演期間を含めての二ケ月間、毎日耐えられたのは、アクアビクスを始めていたお蔭もあったでしょう。アクアで身体が素直になっていて、辛い型を、変に抵抗せずに全身の筋肉で受けとめる体勢になっていたのだと思います。アクアを始めてウエストが引き締まり、地下鉄の階段を駆け上るのが平気になったのが、この舞台でさらに強化されたようでした。

昨年（一九九七年）秋の公演後、十二月に入ってすぐ、九十一歳の母の容態が悪化し、大晦日の数時間前に亡くなりました。一月に持ち越した葬儀などが終わってから、さすがに私も過労からインフルエンザにかかり、高熱を出して寝こみました。その後の舞台が、三月と五月に控えていたので、アクアビクスは合間に一寸行っただけ。六月からの再開になったのです。

詳しくいえば六月の初め、雨の坂道を駆け下りて、うっかり足をネンザし、治ってからの再開でした。整形外科の先生にも、「アクアはリハビリに最適」と言われました。そして改めてクラスを見廻すと、かなり高齢らしい御婦人もおいでです。無理はしないようですが、水の中では元気です。お医者様が言われたように、リハビリに良いのでしょう。高齢の人の参加もあるせいか、クラブでは夏でも水温に気を使ってくれます。思えば、私たち人間は、生まれるまで母親の胎内で羊水に浸っていたのですから、水中は、生理的にも懐かしく、心地良いのでしょう。

「お母ちゃま、きょうはアクアビクスは？」と、朝、娘にきかれるようになりました。私が活きいきとして帰ってくるので、家族に歓迎され始めています。ある日のこと、クラブで顔見知りになった老婦人に（アクアビクスに通ってくる老婦人たちは、皆さん、大変元気です）、「このあと、もう一つ参加しません？」と誘われました。アクアビクスと呼ばれるクラス以外にも、アクアバランスとか、ウォークとか、種々のクラスがあります。私も日によってはそちらに参加するので、その一つだろうと思って、気軽に応じました。でもそれは水泳のクラスだったのです。私は水泳が大好きですが、最近はクラスには参加しません。顔を水に入れるのがイヤだから。私が泳ぐのはもっぱら、小さい時に教わった平泳ぎと、ノシと呼ばれる横泳ぎです。——娘は小さい時からシンクロナイズド・スウィミングの先生に習ったので、水中に顔をつっこむのは平気。クロールが上手で、私の真似(まね)をして顔を水上に出した平泳ぎをすると、ブクブク沈んでしまいます。「最近は、平泳ぎも顔を水中につけるのよ」と娘は言い、「それは平泳ぎじゃなくてブレストです」と、私は断固として顔は水につけませんでした。——

それが、「クロールを教えます」というクラスに飛びこんでしまい、私はパニックを起こしました。「水中眼鏡を用意してませんので」と逃げようとしたら「ではお貸しします」。仕方がないので、生まれて初めて水中に顔をつっこんで泳ぎました。「本当に初めてですか？　筋が良いですね」とおだてられて、単純な私は、前から憧れていたクロールを覚える気になりました。水は、心理的にも、リハビリをしてくれるもののようです。

山におもう

「お子さんたちと山に登りましょうよ。まず高尾山くらいの近くて登りやすい山から」と、田中澄江先生が言って下さったのが、十一年前（一九八七年）、主人が病没した後です。

急性骨髄性白血病（血液癌）にかかって、主人は八ケ月の病院生活の後に逝きました。娘が九歳、息子が五歳の誕生日の翌日です。八ケ月間、いつどうなるかわからない状態の主人と、子どもたちとの間に残された時間が、この上なく貴重でした。わが家の団欒を、主人の病院の夕食時にしました。子どもたちの食事は家へ帰ってから。子どもたちを寝かせて、私は病院へとって返し、主人が眠るのを見届け、帰宅して夜中に、翌日の主人の食事の下ごしらえ（病院食は悪くなかったけれど、私が作るものを欲しがりましたから）。「ガスレンジが四つあるってのは有難いことだわ」と改めて思いながら、ブイヨン・ダシは牛のスジ肉から、和風ダシはカツオブシをかいて（前もって子どもたちにも手伝わせたりもして）、昆布や椎茸と一緒に丁寧に作りました。四つのレンジはフル回転だったのです。もちろんその間、多少の女優業、大学の講義や講演などの仕事も色々ありましたから、よくぞ倒れなかったと、自分でも思います（女優業をもっと抑えたのは、幼い子ども二人を抱えた片親になってからです）。カトリックの教えは大きな支えでした。神父様、シスターをはじめ、カトリックの方たちにどんなに慰められたことか。田中澄江先生、三浦朱門・曾野綾子御夫妻の心温かい励ましは、涙が出るほど嬉しかったものです（主人も皆さんに感謝し、死の当日、意識のあるうちに受洗しました）。

主人が亡くなった後、気が抜けたようになって、でも子どもたち中心にできる仕事を選んで、毎日が必死ですぎました。そんな頃に、田中先生が健康も気づかって、山への誘いをかけて下さったのです。残念なことに、日程の都合で実現しませんでしたが。田中先生とは登れなかったけれど「山に登る」ことへの憧れが、私の中に住みつきました。私の両親は、兄と私が幼い頃から、夏休みは海辺にしばらく滞在し、その後、軽井沢町の別荘ですごすのを習慣にしていました。父は医学者で大学教授でしたから夏休みがとれ、一年のうちでの健康のかき入れ時にしていたのです。私も、子どもたちのために、その習慣を続けることにしました。

大好きな浅間山。「浅間山さん」と、幼い時の子どもたちは呼びました。「だって富士山て言うじゃないの。浅間山は呼びすてにするなんて失礼です」と。その浅間山さんには登れないけれど（活火山のため、いつも登山禁止で）、浅間山が抱くようにしている石尊山（千六百米余りですが、軽井沢町からは六百米余り）には、三回ほど、登りました。浅間山の（軽井沢町側から見て）左隣にある高峰高原（二千米）まで、近年すばらしいハイウェイができて、車ですぐ行けるようになりました。昨年の夏、石尊山に一緒に登る約束をした友人と、お互いにテルテル坊主までぶら下げたのに、その日は朝から小雨（いまや子どもたちよりも大人の方が熱心で、呆れられています）。がっかりした彼女と考えて、高峰高原からさらに奥の高原歩きに変更。雨にもあわず、美しい高山植物を楽しみながら、まだ鳴くのが下手なウグイスの子に鳴き方を教えながら、歩きました。石尊山は今年も、私たちの日程とお天気とがあわず、彼女との約束は来年に延期です。でも今年の夏の終わりには、仕事がらみで、函館に子どもたちもつれて行き、函館山を徒歩で登って鬱憤を晴らしました（夜はケーブルで簡単に登り、百万ドルの夜景を楽しみましたが）。計画を立てて下さった人との友情は、田中先生の紹介で始まりました。昨秋、先生の友人の、その人が預かる福祉施設に講演に行ったのが始まりです。彼は山男でもあり、田中先生とは二十年以上の交際で、一緒に北海道の山を三十ほど登ったそうです。

「あなたは健脚ですね。来年また御一緒に山に登りましょう」と彼に言われ、函館山登りは私の脚力の試験でもあったのかな、と思いました。彼がまずあげた山は、函館からすぐの大沼国立公園のむこうにそびえる駒ヶ岳。もちろん田中先生と登ったそうです。御縁の有難さを思いました。

わが家では冬山登山はタブーです。（母の兄にあたる）私の伯父が若い頃、北アルプスの劒岳で雪崩で遭難したからです。伯父は東大山岳部のキャプテンで豪放、細心の山男だったそうです。雪崩の危険で何年か封山した劔岳が開山され、県の奨励の下に登った伯父たちが泊まった山小屋を雪崩が直撃（これは当時社会問題になったとか）。伯父だけは身動きできないまま一週間ほど生きていて、動いた両手で手さぐりで、恩師たちや両親に遺書をのこしました。最後は「父母の恩に謝す……」と先立つ不孝を詫びて絶筆。

祖母はショックのため脳溢血で倒れ、後には半身不随になりました。私が生まれたのはそのずっと後ですが、悲劇はきいて育ちました。

大人になってから何かの会で、伯父の後輩の田中耕太郎氏にお会いすると「あなたの伯父様を助けられなくて申し訳ありませんでした」と言われて驚きました。昭和初期のことで、ヘリコプターもなく、後輩の田中氏たちが登山を許されて救助にむかった時は、すでに遅すぎたということでした。若い田中氏たちは命がけでベストをつくされたはずです。氏のまごころに感謝しました。母方の大叔父に、英文学者で、山の文学者でもあった田部重治がいます。上高地を書いた文章は昔の教科書にものり、美ケ原の名を決め、軽井沢町の信濃追分を別荘地として開くなど、登山の草分けでしたが、登山は春から秋まで。冬山登山はしませんでした。――六年ほど前、山梨県の笛吹川上流に、大叔父の碑が建ち、私は子どもたちと除幕式に招ばれました。碑建立に尽力した、大叔父の弟子だった人は元編集者で、私の古い知人ですが、彼は田中先生の登山熱に火をつけた人だそうです。ここでも御縁を感じました。その時の山歩きで「健脚ですね」と初めて言われて、嬉しかったのです。

もちろん私は、恐い冬山には興味がないけれど、一年中山は侮れないことを、大叔父の話をはじめ、色々きいています。近頃は中高年の人たちの山歩きが大流行とききき、私も一寸仲間入りだわ、と親しみが湧きます。同時に、車やケーブルによる簡便化で、山を侮り、信じられない遭難や、ハタ迷惑で非常識な登山をする人々が増えているとか。何事も謙虚にという教えを、自戒をこめて思います。

鐘(ベル)と聖書(ブック)とローソク(キャンドル)と

いまお稽古中の芝居は、幕があくと現代ニューヨークのクリスマス・イヴ。ツリーを前にして始まるコメディです。登場人物が入ってくるたびの挨拶は「メリー・クリスマス」。

「そういう芝居って、西洋には多いじゃないの」とお思いでしょうけれど、この芝居が一味ちがうのは、ツリーを立てて祝っているのが魔女一家だというところです。魔女は、中世の魔女裁判でも有名ですが、反キリスト教会的な存在とされていました（十七世紀に英国から追放されてアメリカに渡ったピューリタンたちがやった恐ろしい魔女狩りの残酷さはアーサー・ミラーの戯曲「るつぼ」で有名です。ちなみにミラーはマリリン・モンローの二度目の夫としても知られています）。その魔女たちが、この芝居ではクリスマスを祝い、「神に感謝！」と叫んだりするのが、おもしろいのです。この芝居の主人公の魔女は独身で、「使いの魔物」の猫を飼っていて、相当な魔力を持ち、叔母も弟も太刀打ちできません。でも善良な彼女は毎年、クリスマスになると気が弱くなる。その上、このイヴに、彼女は人間の男に恋してしまいます。

「魔女は人間に純愛を捧げると魔力を失う」という魔界の掟があります。一家の柱の彼女が魔力を失いつつあるのを見て、いたずら好きの叔母と弟はパニックを起こします。彼女と恋仲になる人間は、編集者。その編集者を魔法使いだと思いこんでいる、変わり者で酒呑みの作家がいて、彼はインチキ魔術の本のベストセラー作家です。彼も魔女一家にからんでくるので、騒ぎが大きくなります。

この芝居「ベル・ブック・アンド・キャンドル――魔女のほれぐすり」は、英米の人ならたいてい知っているくらい有名です。大分前に映画にもなって、日本名は「媚薬」でした（キム・ノヴァク、ジェイムズ・スチュアート、ジャック・レモン等が出演）。作者のジョン・ヴァン・ドルーテンは英国人ですが、アメリカのブロードウェイでも活躍し、沢山のヒット作を生んでいます。

ベルは小さな鐘、ブックは聖書、そしてキャンドル――すべて教会の御ミサで使う大事な聖具で、「魔女のお祓い」に使います。それがこの本の洒落たタイトルなのです。キリスト教国の人にはすぐピンとくるタイトルですが、日本では解りにくいでしょう。でもあえて、原題をカナ文字にするだけにしました。その代わり、副題（魔女のほれぐすり）を加えました。たいそう良くできた楽しい芝居として英米で皆に愛されているのに、いままで日本では昔、一回くらいしか上演されませんでした。キリスト教や魔女にくわしくなくても（この二つはコインの裏表のような存在ですから）充分に楽しめる、人間の本質をついた純愛物語で、社会風刺もきいています。私は大分前からこの芝居を上演したいと思って翻訳し、大学や短大で英文学の講義をする時、テキストに使ったこともあります。学生たちは喜んで、おもしろがってくれました。いままで上演されなかったのは単に、作る側の問題だったのでしょう。日本ではキリスト教的なことが少しでも出てくると逃げ腰になる風潮があるようです。今回、嬉しかったのは、前もってあらすじだけを説明しておいたスタッフ・キャストに、翻訳台本を渡したら「説明で想像していたよりも、読んだらずっとおもしろい」と皆が言ったことでした。幕内がまず、気に入ることが芝居では大事ですから。魔女や魔法使いは、本当に古い存在です。キリスト教以前のギリシャの物語にも出てきます。でもイエズスさまの降誕に、魔法使いが登場することを知った時には感動しました。

幼な子イエズスの降誕を祝って、東方から三人の賢者が贈物を持ってくる。その人たちはマーゴイとかマギと呼ばれています。英語ではマジャイ。マジシャン（魔法使い）の語源です。魔法使いと呼ばれる人たちの前身でもあり、昔、薬草を煎じて病人を治したり、星を見て占ったりした人たちは、当時の社会では身分も低く、恵まれた人たちではなかった。そんな人たちの代表が、イエズスの降誕に大喜びして駆けつけたのだそうです。三人の賢者は、時代が下るにつれて、（たぶん身分も上がり）三人の博士のイメージの方が強より、博士らしい立派な服装の絵姿に描かれているものもあるけれど、元来は社会的に恵まれない人たちだったそうです。それをきいた時、いかにもイエズスさまの降誕にふさわしいと感動したのです。

これに注目した百年前のアメリカの作家、オー・ヘンリーの作品に『賢者の贈物』（マギの贈物）があります。ニューヨークに住む貧しい若夫婦が、お互いを喜ばせようと、一番大事な物を売って贈物を買うのです。妻は、夫が祖父からうけついだ金の懐中時計の、鎖を買うために、長い美しい髪を切って売り、夫は、妻の髪の、飾りを買うために金時計を売ってしまう。一番大事な物を与えあおうとすることからの悲喜劇。オー・ヘンリーはそれを温かい目で「彼らはマギ（賢者）ではなかったかもしれないけれど」降誕祭を祝う「愛」はよく知っていたのだ、と語りかけています。イエズスさまの降誕を祝ったマギ——マジシャンたちの末裔が、中世の魔女狩りで火刑にあったのは不条理です。女の立場は魔女として、薬草を煎じる他、お産婆さんの役目もつとめ、人々の秘密を知り、中世には毒薬も求められ、という具合に、民間から支配階級の政治的関わりまで持つことになったようです（毒薬事件で裁判にかけられた貴族たちとの関係で、時には彼らも登場します）。

シェイクスピアの戯曲（ぎきょく）にも「魔女を怒らせてはならぬ。子どもにおできができ、ニワトリが卵を産まなくなり、乳牛が乳を出さなくなったりするから」といったせりふが出てきます。ただし、シェイクスピアの場合は、親しみとユーモアがこめられていますが。薬草作りでお産婆さんでもあった魔女は、無智な庶民に頼られもするけれど、恐れられもする存在として、生活に深く関わっていたようです。しかも彼らはキリスト教徒から見て異教徒——ユダヤ人やジプシーや非キリスト教ケルトも含まれる——だったのです。

魔女裁判は、イエズスさまを悲しませたはずです。二十世紀後半には（いまだに形を変えた魔女裁判はあるかもしれませんが）魔女は、欧米では様々な作品でノスタルジイと共に良い扱いをうけています。

今度の芝居の幕切れのせりふが、私は大好きです。愛のために魔力を失った魔女が言うのです。「私は、人間になったの」と。降誕祭イヴをきっかけに、善良な魔女は、人間よりも大きな犠牲を払って「本当の人間」になった——そのことに作者は深い意味をこめているように思います。

第二章　一九九九年

マザー・テレサに啓蒙されて①

マザー・テレサが日本にいらした時、私は運良くお目にかかれました。確か十五年前（一九八四年）のことです。

「貴女(あなた)が私たちのためにして下さっていることに、いつも感謝していますよ」と、紹介されるとすぐ、マザー・テレサは暖かい手で、私の手を握りしめておっしゃいました。――私は驚きました。一瞬何のことかと思いましたが、そばにいた「神の愛の宣教者会（Missionaries of Charity）」（略してMCと呼びます）のシスターたちがニコニコして頷(うなず)かれたので、彼女たちから私の微々たる活動をきいておいでなのだと気付きました。つい涙ぐんでしまったほどの感動でした。

マザー・テレサの存在を、私が知ったのは二十二年前（一九七七年）、娘が生まれた直後のことです。マザーからの「日本の皆さんへのお言伝(ことづ)て」を、※濱尾(はまお)文郎(ふみお)司教様が話して下さったのです。――「日本にはカルカッタのように極貧の人たちはいないでしょう。でも『自分は誰からも必要とされていないと感じる孤独』という最も恐ろしい病気にかかっている人は、案外多いのではないでしょうか。そういう人に会ったら、すぐ手をさしのべて上げて下さい」という言葉でした。――母親になったばかりの感じ易い私の心に、マザーのお言伝ては焼きつきました。まずはわが子を、家族を、「孤独という恐ろしい病気」にかからせないことから始めなくては、と私は心に誓いました。ちょうどその頃は、マスコミに出るのを厭がるマザーの許に通いつめた英国のテレビマンが「極貧の人たちのためだから」と説きふせてテレビ報道してまもない頃でした。それがきっかけで、マザーのしごとの紹介が拡がっていきました。私は、初めての日本人によるフィルムを女子パウロ会で見せて頂き、マザー・テレサの活動が解る印刷物や本を、飢えたように読み始めました。

その後、日本でも「孤独病」から起こる青少年問題、家庭内暴力等々が、一連の社会問題になってきたのです。早くからその心配をされていたマザーの、愛の炯眼に、私は感嘆したものです。まだノーベル平和賞をお受けになる以前のことで、現在ほどマザーは世間一般には知られていませんでした。ノーベル平和賞も「貧しい人の代表として頂きます」とマザーは言い、受賞後の晩餐会は辞退しますからその分の費用を貧しい人に下さい、と頼んだそうです。講演や文章を頼まれるたびに、私はマザー・テレサに触れずにはいられなかったのです（子育て随筆の本のタイトルに、マザーの口癖の『愛はわが家から（Love begins at home）』とつけたほどでした）。私が人生に受けた励ましも、「私たちの活動は福祉活動ではない。一対一の人間対人間の行為です」

「私たちの行為は大海の一滴にすぎないかもしれない。でも一滴々々から大海ができる」というマザーの信念も、人に伝えたい気持ちでした。マザーの活動に感動し、励まされた私の、小さな行動までも心にとめて下さったことは、さらなる感動と励ましになったのです。

マザー・テレサに私がお会いできた時以前に、マザー・テレサの「神の愛の宣教者会」（MC）の日本支部が東京足立区（男子支部は別に山谷）に、後では名古屋と大分に出来ました。※※白柳誠一大司教様のお話では、マザーの初めての来日後、「日本にも支部を作りましょう」とマザーから国際電話があって二日後、シスターたちが成田に着きました。大慌てで見つけた港区の家を用意すると、「こんな高級住宅街で何ができますか」と叱られ、再度探した足立区の質素なおうちが東京支部に。すぐに活動開始。MCの面目躍如たるものがあります。マザーにお会いして後しばらくして訪問した私は、切羽詰って逃げこんできた日本の女の人以外に、東南アジアの娘たちにも紹介されました。働く合間に※※准看護婦や美容師の資格がとれるといわれて喜んで来た、貧しくても真面目な娘たちを待っていたのは売春。拒んで暴力をうけ、シスターたちが入院・加療させた娘もいます。「ヤクザがしつこくとり返しに来てねえ」と事情を話すシスターたちは、自らの行動には含羞んで余り触れないけれど、実に勇敢に娘たちを守ったようです。娘たちのヴィザは旅行者用なので、傷心の帰国を待つだけ。日本で心身の傷をうけたまま彼女たちを帰らせたくない、と私はつくづく思いました。

娘たちはカードに刺繍していました。含羞みながらのシスターの説明では、古いカード類の絵や花模様などを利用して台紙に貼り、糸で刺繍することを教えて作らせているのでした。材料は質素でも、贅沢に手のこんだ、一つも同じ物のないカード。クリスマス向けでない模様はいつでも使えます。「私、まとめて売りましょう」と申し出ると、皆の目が輝きました。値段は委せるといわれて「甘やかしません。市価よりも高くしません」と約束しました。

友人や周りの人たちに協力して貰っての、カード売りの工夫が始まりました。教会やパーティ、講演先（一度、MCに中し出て、チャリティ公演をした時は劇場ロビイで）などで、事情の説明付きで並べると、バブル時には「まとめ買いします」という人まで現れました。でもそれは御遠慮しました。作品は銘々で選んでいとおしんで欲しかったし、一人でも多くの人たちの善意が欲しかったからです。「お釣りは寄付します」や「これは寄付のお金」というのは有難く頂きました。預かった分が売れると、詳細報告付きで送金しました。

「こんなに沢山のお金！　私は初めて見た」と、ひとりあたり十数万のお金を見て、娘たちは泣き出したと、シスターから報告がありました。「日本の人たちは本当に優しいことを知りました。頂いた幸せに心から感謝して、いつも貴女と日本の皆さまのために祈っています」と手作りのカードでお礼状を送ってきたりもしました。MCの預かる娘たちは変っても、同様のことがくり返されて、私も心暖められてきたのです。カードがまとまると段ボールが届くのが、長年の習慣になりました。間隔は娘たちの出入りその他、と比例。わが家に不幸などが起こるとシスターたちが当分遠慮するので、催促することもありました。一昨年（一九九七年）暮れに母が亡くなり、昨年は後のことで忙しくて、ついご無沙汰。電話すると、その間に知りあいのシスターたちが移動していたりで、でも「どうか、いらして」と親しい言葉が返ってきました。（カードの件以外にもMCに啓蒙されたことは沢山ありますが、次回にゆずります）。

マザー・テレサの帰天も一昨年。葬儀ミサに参列した時、本当に様々な人たちがつめかけていたのが、印象に新しいのです。

※現在、在ヴァチカン。枢機卿。※※現在、枢機卿。※※※現在、准看護師。

マザー・テレサに啓蒙されて②

「レイディDがゆうべ亡くなったよ」

リヨンの修道院の朝食時に、娘の隣に坐った老齢のフランス人修道士がポツリと言ったそうです。「どなたですって？」ときき返して娘はレイディD、すなわちダイアナ妃の死を知った。「なぜ？」「交通事故」と、彼は詰まらなそうに答え、話題は他にそれていったとか。

一昨年の九月一杯（娘の通う女子大はまだ夏休み中で）シスターに引率されてリヨンにフランス語研修に行った期間中のことです。それから一週間後の、マザー・テレサ帰天のニューズに娘は衝撃をうけ、暇をみつけてはテレビを見たそうです。フランスでは当然、マザー・テレサの報道ばかり。合間にレイディDのことも入るけれど、その逆の報道ぶりだった日本とは大違いだったようです。フランスの新聞の社説に『何世紀に一回、現れるかどうかの聖女の死と、恋人とのランデヴー中に交通事故死した元王太子妃の死とを、同列に扱うのは神への冒瀆である』という記事がのったのを、私も読みました。正気を失った英国への批判だったのでしょう。英国では生前散々にこきおろした哀れなレイディDを突如聖女扱いし、マザー・テレサは彼女の後を追って亡くなったと書いた新聞まであった。正気で、カトリック国のフランスが、「いい加減にしろ」と怒るのは当然に思えます（宗派的には英国は周知のようにヘンリー八世以来の英国国教が主流）。英国のお国事情は日本には関係ないことですから、追従した報道ぶりは変だと、私も思ったひとりです。

十年ほど前、子どもたち共々教皇様（ローマ法王）に個人謁見できる光栄に浴した折、二週間ばかりイタリア、フランス、ベルギー等のカトリック国を旅行した時のことを思い出します。街の美化のため、広告塔や限られた場所以外、広告の貼られていない街並みにホッとしました。きこえる音も教会の鐘の音ばかり。店のウインドウに大きく飾られた人物の写真は二人だけ――教皇様とマザー・テレサの大きな写真が、いつもこちらに微笑みかけていました。「カトリックの、ヨーロッパの街は良いなあ」と、まだ幼かった娘と息子が言ったものです。

「カトリックの施設は良いですねえ」と言った善意の知人がいました。彼はバブル時に贅沢な会員制スポーツクラブの支配人でした。「バスタオルやローブなどを定期的に新品と替えるので、まだ綺麗で洗濯した物を公共の老人施設に寄付しようとしたら『使った物など要りません。お金なら』と言われました」と悲しそうに電話してきました。

「貴女なら役立てそうなところを御存知でしょう？」

　私はすぐ知りあいの老人施設のシスターと、マザー・テレサの「神の愛の宣教者会」（MC）の東京支部に電話しました。「役に立ちますとも。欲しい。欲しい」というのが、シスターたちの答え。老人施設のシスターは施設のワゴンを自ら運転してとりに行き、MCは車が無かったので私がとりに行きました。純粋な善意を、お役所仕事の冷たい壁に傷つけられていた支配人と年輩の倉庫係の人は大喜びでした。「私共はこんなに綺麗で捨てるには偲びない品物を役立てたいと思ったのです。心がすんなり通じるのは嬉しいです」と。それより前から、私はMCのシスターたちに「何か要る物は？」ときいたことを思い出します。遠慮深い彼女たちから時にははっきりした答えがありました。「いま妊婦を一人預かっているので、新鮮な野菜か果物があれば食べさせたいです」――女たちの駆けこみ寺になっているMCで預かる日本人も東南アジアの人も、実に不幸な背景を持つ人たちです。彼女たちを保護し、英知をもって再出発させるMCの努力には頭が下がります。神様に感謝で、そんな時偶然わが家には、友人たちから送られた果物や生野菜が沢山あったのです。

「段ボール箱を捨てることがあったら頂ければ有難いです」と言われた時のこと。フィリッピンを始め貧しい地域の人々に物資を送り出すのに、段ボール箱が沢山要ります（前述のタオル類もその中に入ります）。輸送上、箱の大きさを揃える必要があり、数も多く、買えばかなりの費用です。まずはわが家にある数個を送った後で「事務所を引っ越すので段ボール箱が山ほど余る」と言う人と仕事で出会いました。箱のサイズも丁度でした。彼は気軽に「良いですよ。MCに直接送りましょう」と言ってくれました。神様に感謝でした。貧しい地域には本当に「何も無いのです」とMCのシスターたちも言われます。――私はボリビアのために働く神父様から、当地の青少年を救う会の会長に任命されて以来、「何も無い」状態を教えられてきました。私の亡夫の祭壇のローソクを見ながら、「電気もない小屋に住む、虱だらけでハダシの幼女から『ローソクを下さい』と頼まれた」話を神父様はなさいました。思わず置いてあったローソクを全部お渡しした時からのことです。――

カルカッタで極貧の飢えた人々の中で働くMCのシスターたちは質素な食事さえロクにとらず、心配したマザー・テレサが食事を義務付けたという話をききました。日本支部ができてから、お湯はもったいないと冬でも水のシャワーを浴びるシスターたちを、日本の神父様方が心配した話も。物に溢れた飽食の日本では忘れがちな、「心の価値観」を思い出させられます。

マザー・テレサは来日時に、新幹線の水呑場で使った紙コップを「衛生的で便利ですね」と大事に手さげ袋に収われた。随行した日本の修道士様は、無意識に捨てたのが恥ずかしくなって拾ったと、私に話して下さいました。マザーの有名な大きな手さげ袋——私たちには祝福のおメダイを、飢えた子にはパンを出して下さる——は、繕いが目立つ質素で聖なる袋でした。私の親しい敬虔な年輩の御婦人は、教会の庭でマザーと偶然出会う幸せに恵まれた時を回想して「私のバッグが恥ずかしかった」と微笑ましい話をしました。彼女の幼いお孫さんをマザーが優しく抱擁してから、彼女に手をさしのべた時、彼女は新品の贅沢なバッグを恥じて、両手で背中に隠したので「どっちの手を出して良いかわからなくなったのよ」と。

マザー・テレサはその存在と、さりげない行動だけで「人間にとって一番大事なこと」を教えて下さる方でした。「人間の本当の尊厳とは何か」を。人々の善意の心を励まし、「善意・愛は感染する。それは悪意より強い」と証明して下さった方とも思えます。小さな存在の私にさえ「感謝していますよ」と謙遜に言われたマザーの手の暖かみに、私は生涯励まされるでしょう。

くり返されること

「復讐は我にあり、我これに報いん」

私がこの言葉に初めて出逢ったのは少女時代、トルストイの『アンナ・カレーニナ』を読んだ時です。小説のエピグラムとして冒頭にかかげられているのが印象に残りました。日本ではトルストイのこの小説の愛読者は多く、またこのエピグラム自体を題名にした小説も日本で書かれ、映画化されたりしたせいか、結構よくひきあいに出されるようです。でも、引用をきいて、聖書にある、本当の意味が大事にされているかどうか、時には気になることもあります。

聖書ではまず、旧約の申命記にある、モーゼがイスラエルの全会衆の前でうたいきかせた言葉の中にあります。

「彼らの足のよろめかん時に、我仇をかえし応報をなさん……」(申命記32・35)

彼らとは、神に対して悪をなした背教者たちのことを指しています。

さらに、新約のローマ書12・19は、パウロの言葉。

「愛する者よ、自ら復讐すな。ただ神のいかりに任せまつれ。録して主いひ給ふ『復讐するは我にあり、我これに報いん』とあり」

次に続くのは

「『もし汝の仇飢えなばこれに食はせ、渇かばこれに飲ませよ。斯くするは熱き火を彼の頭に積むなり』悪に勝たるることなく、善をなして悪に勝て」

ローマ書は異邦人の国ローマ帝国の首都に住むキリスト者（迫害を受けていた）に対しての励ましの書簡です。

新約のヘブライ書10・30は、パウロの影響下での言葉。

「『復讐は我にあり、我これに報いん』と言ひ、また『主その民を裁かん』と言ひ給ひし者を我らは知るなり」

これもヘブライのキリスト者への励ましです。他方でモーゼの律法を無視する者、背教者への警告です。

こうして見てわかるのは、神の教えを守ろうとする者たちの信仰心や生命を脅かしてくる敵に対しての神の言葉が「復讐は我にあり……」ということです。命がけの信仰や神様の存在が対象となるとき、使われる言葉でしょう。個人的私怨のような卑小な意味で使われるべきでないのは明白です。トルストイのエピグラムは、アンナを始めとする弱い人間たちの心の罪を、同じよう

に弱い人間たちが裁く権利があろうか。裁けるのは神様だけ、ということを端的に表しているように思えます。それは、有名な

「汝ら人を裁くな、裁かれざらん為なり。己がさばく裁判にて己もさばかれ、己がはかる計量にて己も量らるべし」（マタイ7・1〜2　マルコ4・24〜26　ルカ6・37）を思い出させます。

聖書の言葉にいつも感銘を受けるのは、大そう簡明な表現の中に深い意味がかくされていることです。同時に、たとえ急には深みにまで届かなくても、間違って解釈のしようがない、行き届いた表現がなされていることです。それでも、聖書を開いてよく読まずに、引用の断片から勝手な受けとりかたをすることは起こるでしょう。自戒の念を含めて思うことですが。——聖書に通暁していたと言われる文豪トルストイが、ひとひねりしてかかげたエピグラムを、神様の救いや愛の方向で受けとめずに怨念で受けとめると、本質とは反対方向に向かってしまうように思います。

「復讐は我にあり……」と似た内容で、やはり書物で読んだ印象的な言葉があります。

「神の挽き臼は廻るのがのろいが、どんな細かい粒も挽きのがさない」

神の応報は、来るのが遅くても、いつかは必ず来る、という意味だと言われます。聖書にあるかしらと探しあぐねて神父様に伺ったところ、聖書にはなくて、聖書の影響の色濃い西洋の諺でした。日本風に言えば「因果応報」ということでしょうけれど、もっと具体的な表現なだけ

に、確実で、恐い表現でもあります。余り悪いことをしたら、「確実に、いつかは粉々にされるぞよ」ということですから。

よく言われることですが、英米で一番多く引用される言葉が、聖書、シェイクスピア、マザー・グースの順です。いろいろ書物を読むと、確かにそのとおりだと思います。私は疲れると英国の推理小説をよく読みますが、中でもアガサ・クリスティの作品は全部読みました。以前、翻訳が出るのが待ち切れなくて原書が出るたびに買いに行った洋書店の店員さんは、私の顔を見ると「クリスティ、新しいのが入っていますよ」と言ってくれたものでした。

そのクリスティ女史も、前述の三大引用をよくしますが、女史の作品中にも「神の挽き臼は……」の引用が何度か使われています。私が「挽き臼」のたとえにこだわったため、「家庭の友」編集部の親切な山内堅治(やまうちけんじ)神父様が、挽き臼に関連する個所を聖書から拾って下さいました。十四以上はありました。例えば

「挽き臼あるいはその上石(うわいし)を質に取ってはならない。命そのものを質に取ることになるからである」(申命記24・6)

「挽き臼の音もまた、もはや決してお前のうちには聞かれない」(黙示録18・22)

など、挽き臼が当時の生活必需品としていかに貴重だったかがよくわかる記述です。聖書は大変に身近なところからの説話が多いのが特色とされています。挽き臼にまつわる、例の西洋の諺

も、きっと古くからあるものなのでしょう。私は女のせいもあってか、台所と密接な、生活の音と匂いのする挽き臼の、西洋の諺「神の挽き臼は……」が気に入っています。時々、日常会話の中に使ってしまうほどですが、おもしろいのは、男の人たちが抽象的に捉えるのに対して女の人たちは神妙に「そうね、そうだわね」と一瞬、耳をすます風情になることです。現代生活をしていても、日常的表現なので、挽き臼のゴロゴロ廻る音が、(私同様に)耳を横切るからでしょう。

復讐もまた、聖書がくり返すところを見ると、二千年前は日常的だったのだろうか、とふと考えました。「二千年前? いまだってそうじゃないですか」と男の人が言いました。いまでも世界中で行われている虐殺の数々には、報復が多い。人間性は何年たっても変るものではないようです。

——ああ神様。だから神様はくり返されたのですね。「復讐は我にあり、我これに報いん」と。

生命

「お母さまの延命処置は、希望なさいますか?」

私の母が九十一歳で亡くなったのは一昨年（一九九七年）の暮れでした。亡くなる少し前、老人病院の担当医に「重篤状態です。いつどうなってもおかしくない状態です」と告げられた後、真面目に相談されたのです。

「は？」私はすぐには意味が摑めず、付き添ってくれた甥と顔を見合わせました。母は内臓が丈夫なための永生きで、老衰はすすみ、その時より二年近く前からほとんど眠ってばかり。見舞いに行って大声で「お母さま」と呼びかけても目を開くことの方が少なかったのです。目を開いて私の顔を認めたらしい輝きが目に宿った、と思うと嬉しそうにますます深々と眠ってしまうのです。「まるで赤ちゃんみたいだわ。齢をとると赤ちゃん返りするというけれど本当ですね」と看護婦さんや付き添い婦さんに言うと、皆さん肯きながら「ええ、英子さんの顔を見て喜んでおいでなのです。表情でわかりますよ。とても安心した表情におなりになりますから」と言いました。

確かに、足指先に壊死を起こし片方の親指先を手術した後や、のみこむ力が弱って食物が気管に入るための肺炎に何度かかかり（結局病院で管での食物注入になりました）苦しい時など、寝顔が時々苦痛でゆがむのです。そばで看護して下さる専門の方々には、永年の経験から私よりも「老衰で眠る人」の表情の機微がわかるのでしょう。眠り出す前は、衰えていても私の娘や息子――孫たち――の顔を見るのを喜ぶので、極力一緒に行きました。でも母が眠ってばかりになってからは娘や息子が悲しむので、一緒に行く時間合わせに以前ほどとらわれず、独りでも時間さえあれば「眠る母」の顔を見に行きました。そのもう一つの理由は、日夜母の看護をして下さる方々への挨拶(あいさつ)の気持ちもあったのです。彼女たちへの一寸(ちょっと)した差し入れを持って。私が行くと母になり代わって喜び、いつでも何とか母を起こそうとする彼女たちの献身に、目頭が熱くなったものです。

――こんな状態の母でしたから「延命は？」という担当医の質問がすぐには理解できず、とりあえず答えました。

「眠ってばかりいても苦痛は感じるのでしょう？　少しでも長く生きていて欲しいけれど、苦痛を与えてまでとは思っていません。私共の基本的な願いは母の平安と安楽で、寿命は神様に頂いたものですから」

担当医はホッとした顔になって説明して下さいました。

「私共も同じ考えです。伺ってみたのは、まず、どんな状態であれ臨終に間に合いたいから引き延ばしてとおっしゃる御家族が結構あるからなのです」そばにいた※婦長さんが続けました。「遺産相続などの問題で、亡くなるまでに準備の時間が欲しいから、とおっしゃる方が多いんですよ。葬儀場を確保してから、という方もね」。「それは遺族の身勝手じゃありませんか」とそばで甥が口を挟みました。「そう思いますけどね。そういう方が多いので」と婦長さんは溜め息をつきました。

安らかにと手をつくしての母の生命の炎が、眠ったまま消えたのは十二月三十日の午後四時半。老人病院まで一時間はかかる私たちは臨終に間に合いませんでしたが、近くに住む甥は間に合ってくれました。気の良い葬儀屋さんが慌ててしまい「亡くなった時間がせめて一時間早いと大晦日の火葬場に間に合うのですが。法律で死後二十四時間たたないと受けつけて貰えませんから、四時半では閉まってしまうのでねえ」と担当医に死亡時刻を一時間くり上げて書いて頂けないものかときいて、もちろんダメと言われていました。延命での時間調節はできても、死亡時刻の事実を曲げることはできないのです。結局、母の家でドライアイスをつめたお棺に一週間安置。新年に火葬場が開くのを待ち、一月六日に葬儀をしました。生前の母の希望通り密葬にして、火葬場から墓所まで森一弘司教様に付き添って頂きました。その後ごく近親の人たち二十人くらいを、母のお金で「招待して美味しいものを食べて、私の悪口を言って頂戴」という生前の母の希望通りにしました。大晦日から正月休みの間に予約できる店はホテル内の店だけ。でも和食の適当な店が予約できて、皆に「こういうやり方って親しみがあって良い」と満足して貰えました。——密葬といっても、その後ききつけた方々がお悔みをして下さるので、その方々への御礼などには時間がかかりましたが。

延命処置ということから、私は従兄の場合を思い出しました。私の実家、村松の方でのただ一人の従兄は二十年ほど前、五十代半ばで癌で亡くなりました。お互いに忙しかった若い頃は会う機会が少なかったけれど、後年は幼い頃同様の親しいつきあいが戻り、私の娘が生まれた時は（息子二人で娘のない従兄は）大喜びしてくれたものです。肝臓癌で入院した時、医者でしたから、インターン時に感染したB型肝炎の後遺症から肝臓癌にかかったことも、余命も知っていました。私が抱えて行った薔薇を「綺麗だねえ」としみじみ花びらに触り、「おやすみ中は廊下に出さなきゃね」と言うと、「うん、僕が眠ったあとにしてね」と言った従兄。臨終の時は、彼の奥さんからの電話で飛んで行きましたが「英子さんに会ってから鎮痛剤の注射を受ける、と言って待ってますから」の言葉が忘れられません。激痛を抑える薬に頼れば、もう目を覚ます力がないということでしたから。弱りきった従兄の手を握って、医学部に入ったばかりの彼の長男の後見人を引き受ける約束をし、励ますうちに彼は安心と痛みの限界で、注射を受けたのです。従兄の場合は延命とは鎮痛剤を我慢して、激痛に耐えることでした。

従兄のように比較的若い癌などの病人と、老衰による病人とでは、臨終までが違う、と私は感慨無量になりました。母が最後にお世話になったのは「老人病院」でした。他の病院と違って、元気になって退院する人が一人もいない病院ですから、看護婦さんも希望者が少ないということで、でもそこの看護婦さんは活力のある人ばかり。付き添い婦さんも大きな声の人ばかり。有難いことと思いつつ、一方で、生命の終着駅の老人病院を隔離せず、生命の始まりの産科や小児科の病棟と同じ屋根の下にした病院がもっとあれば良いのにと思いました。私が娘と息子を授かった総合病院で、産科のロビイにいると、外科などの病棟の患者さんがわざわざ休みに来たものです。松葉杖の患者さんが「産科のロビイが好きなのですよ。明るくて」と言ったことが忘れられないのです。

※現在、看護師長。

アヴェ・マリア

「アヴェ、アヴェ、アヴェ・マリア、……」あの「ルルドのマリア」の曲をきくと私はいつのまにか涙ぐんでしまうのです。誰にでも、きいたり歌ったりすると涙ぐんでしまう歌があるでしょう。聖歌には特に感動的なものが沢山あり、私にもいくつか「泣けてくる」聖歌がありますが、「天の后」で知られる「ルルドのマリア」もそのひとつです。

例えば、元はプロテスタントの讃美歌でカトリック教会でも歌われるようになった「神共に在しまして」は、葬儀のたびに歌うので、父の時、主人の時、母の時と歌ってきて、万感胸にせまる、涙と共にある歌です。

「ルルドのマリア」は、それとはちがう経験から、万感胸にせまる歌となりました。

いまから十年前（一九八九年）の夏休みに、二人の子どもたちと共にルルドに行く機会がありました。――教皇様（ローマ法王）に、子どもたち共々個人謁見して頂ける栄誉を賜った時のことです。娘が十一歳、息子が七歳でした。子どもたちにとっては初めてのヨーロッパでしたから、数人の同行者と共に、謁見をはさんで二週間ほどの旅程を組みました。フランスとイタリア、帰りがけにベルギーのブリュッセル。最初に着いたのがパリで、八月十五日、聖母被昇天（マリア様が神様の傍らに昇られた）の日でした。まずノートルダム教会にお祈りに行って、私たちの旅行が始まったのです。――

ルルドは周知のように、ピレネー山脈の麓にあり、山の向こうはスペインのバスク地方という、フランスの小さな町です。十九世紀中頃にベルナデッタ・スーピルという十四歳の信仰心の深い少女が薪をとりに山に行った折に、岩の洞に聖母マリアが数回現れて「岩の下を掘ること」と「上の山に聖堂を建てること」とをお告げになったと言います。掘ると泉が噴き出し、その水を飲んだり浴びたりすることで医者に見放された病気が治る奇蹟が起こり、奇蹟はいまも続いています。ベルナデッタは修道女となり、聖女に叙せられました。山上にはバジリカ大聖堂が建てられ、洞にはマリア像が置かれ、ルルドは聖地となりました。泉はいまもこんこんと湧き続け、世界中から巡礼者、また病人や障害をもつ人、弱った人たちが、ひきもきらずに訪れます。

八月はことに十五日が聖母被昇天の日であることとヴァカンスが重なるためか、一番混むそうです。私たちはその真っ只中に訪問したことになります。小さな町は私たちのような巡礼者の他に病人やお年寄り、その付き添いでごった返している感がありました。着いてすぐ大聖堂の下の小さなおみ堂で、引率の大司教様が、七歳の息子を侍者にして、私たち数人のために御ミサを立てて下さった時のことです。御ミサが終わると同時に十一歳の娘が蒼くなって倒れました。すると合図を受けた青年男女のヴォランティアが、アッという間に担架を持って飛んできて、娘を励ましながら簡易診療所へ運んで行きました。私はフウフウ後を追いかけました。中年の医師は口髭のある優しい父親タイプの人。息子がかぶっていた艦長帽を心配そうにぬいで挨拶すると「ボンジュール、アドミラール（提督さん）」と声をかけ、たちまち子どもたちをくつろがせてくれました。診察室には母親の私と息子だけが入室を許されました。医師は娘を診察後「心配ありません。軽い脳貧血です。旅程はどんな風です?」私が旅程を言うと、「そんなハードなスケジュールでは子どもが脳貧血を起こすのは当たり前です。引率者に文句をおっしゃい」。それから「お嬢さんを一時間ここで寝かすこと。そしてシスターにルルドのお水を飲ませてお貰いなさい。それで大丈夫」と言って娘の頰を撫でました。フランス語の会話の解らなかった娘に私が説明すると、彼女はニッコリして眠りこみました。そのベッドの傍らで私と息子もシスターにたっぷりルルドのお水を飲まされました。その後私は大司教他同行の人たちが待つ待合室と診察室を行ったり来たり。一時間後、娘の頬にはすっかり赤味がさし、目を開きました。見に来た医師と、ずっと付き添ったシスターは「良くなった！」と歓声をあげて喜びました。私はひどく感動しました。「ここでは病気に大小はないのだ」と。——診療費は「お志を」の箱に自由に。

元気になった娘と息子をシスターは台所へつれて行ってお菓子を下さり、娘と片言の英語で会話。シスターは先ほどから私にフランス語で説明していた話を娘にしたと言い「日本人のヴォランティアはまだいません。お嬢さんにいまにヴォランティアで戻ってきて下さいって話したら、来たいそうですよ」と娘と抱きあっていました。娘がその後「仏文学専攻」を決めたのは、「英文学」は私の専門で煙たいということ以外に、この経験が大きかったようです。ルルドに一夏を捧げる青年ヴォランティアは、それぞれの母国語とフランス語を含めて三ケ国語を話すことを条件とした試験の上で、世界中から集まり、娘が受けたような献身に、駆け廻るのです。道理で病人の担架や車椅子を押す人は若者でした。

元気になった娘と翌日、地下大聖堂での御ミサに参加。二万五千人が入る広さなので、わが大司教も加わった祭壇が幼い息子には見えにくい、と思った瞬間、傍らの見知らぬ外国人が息子を肩にかついで下さっていました。

息子は午後に、独りでお店に行き、お水を入れる古風な形の革袋を見つけ、欲しいと戻ってきました。それで私はついて行き、「独りで買って御覧」と少し離れて見ていると、店主が言葉をそえて多すぎるお釣りを掌(てのひら)に載せていました。「このお釣り多すぎるよ。小父ちゃま何ておっしゃったの？」と息子。「良い子だからおマケですって」。幼い息子は幸せそうでした。

夜にはキャンドルの行進に参加。バジリカ大聖堂の鐘もこの曲で鳴る「ルルドのマリア」を、皆が自国語で歌いながらローソクを持って行進します。「アヴェ、アヴェ」の所は全員が一緒に唱和。風で炎が消えると、すぐ誰かが火を貸します。娘と息子の周りを、見知らぬ外国人保護者たちが囲んで気を配ってくれました。この合唱行進の感動は忘れられません。

帰国してまもなく、ヘミングウェイの『武器よさらば』の映画をテレビで観(み)ました。ナチスと結んだ独裁者フランコの軍隊と市民解放軍との戦いで、作者自らが参戦した体験上の作品です。戦火の中にとり残された病院で、市民軍が「逃げろ！」と叫ぶと、カトリックの神父、医師、シスターたちが、重症患者たちを指しながら「私たちは残ります」と答えます。そして全員で「ルルドのマリア」を歌い始めるのです。患者も一緒に。歌声の高まる中で、敵の砲弾は病院を微塵(みじん)に吹きとばします。悲しくも美しい名シーンに私は頬をぬらし、あの夜の行進の感激を重ねていました。

——アヴェ、アヴェ、アヴェ・マリア。この聖歌は時々、ルルドの聖堂の鐘のように私の心に響くのです。

第三章　二〇〇〇年

歴史と光と

「エリザベス」という映画を観ました。英国のエリザベス女王（一世）の話です。女王は生涯独身で英国につくしたため、ヴァージン・クイーン（処女女王）と呼ばれて親しまれました。

エリザベス朝は四十四年間も続き、マーロウ、シェイクスピアを始め、英国文化の花開いた時期でもあります。英国が偽善的になるのは後の時代で、当時はまだ恋愛などに大らかでしたから、独身といってもエリザベスには多数の恋愛沙汰が史実に残っています。恋人が図に乗って政治に口出しするようになるとロンドン塔に送りこみ処刑するなど、男性的というか、さすが父王ヘンリー八世の血が流れているというか。

フランスの作家アンドレ・モーロワのすぐれた歴史書『英国史』によると、エリザベスの成功の一つは、国民を味方につけたことだそうです。専制君主でありながら自らの軍隊を持たず、スペインの侵入に脅かされた時彼女が頼ったのは、ロンドン市長でした。感動した全国民の忠誠をかちとった女王の方も、国民の希望には忠実でした。また諸国の王や王子たち（ほぼ全部がカトリック）からの政略的求婚を巧みにしりぞけたことも、彼女の知恵の一つです。そのためにも女王は、カトリックの教皇庁の影響の届かない英国国教を選びます。

父王ヘンリー八世以来、英国のキリスト教は混乱をきわめました。王は最初の王妃（スペイン王女）との間に王女メアリーしか生まれず、世継ぎが欲しいとの口実で離婚を望み、それを許さない教皇庁と決別。英国国教を定めてカトリックの聖職者たちを多数処刑。二番目の妃との間にも王女エリザベスしか育たなかったため、この妃は姦通罪で処刑。三番目の妃で王子エドワードに恵まれますが、王の死後、王位を継いだ王子は少年時に病死。次に女王になった長女メアリーはカトリックであると同時に、母の実家のスペイン（カトリック国）びいきで、スペイン王子フィリペと結婚。ただちに父王がやったことへの狂的な復讐を始めます。すなわちカトリックへの改宗と英国国教徒の処刑です（父王の処刑は主に聖職者に向かったけれど、メアリーのそれは一般信者にも数多く及びました）。それが余りに凄まじかったので、彼女はブラッディ・メアリー（流血メアリー）と呼ばれるに到り、夫君フィリペもうんざりしてスペインに逃げ帰ったほどでした。

この危険な期間を次女エリザベスは常に恭順を示して乗り切ります。最初は父王に、次には姉の女王に対して。「同じ神を信じるのに宗派で殺しあうなぞ馬鹿げたことです」と彼女は言ったとされています。姉のメアリーの暴虐が英国民を深く傷つけたこと、また政治と外交のために、エリザベスが女王になると英国国教を選択したことは、当然の賢明な処置とされたのでした。

流血嫌いの平和主義と中庸精神を建て前として国民に愛され続けたエリザベス一世。偶像視されてきた女王の半生を、恋愛も含めて映画化するのは勇気の要ることだったようです。そして監督はかつての英国植民地、印度の人。

映画はエリザベスがメアリーから迫害を受けつつ、その死によって即位する頃から始まります。宗教と政治の対立と権謀術数の中で、女王として成長し「私は英国と結婚します」と宣言——よく見るあの白塗りのお化粧の肖像画に到るまでを描いています。史実よりもドラマ化を、という姿勢で、例えば恋人は有名なエセックス伯やローリー卿、その他は登場せず、最愛のレスター伯にしぼり、実際は最後まで忠実で女王も信頼したと伝えられる彼が裏切ったことにしたり。……

つまりエリザベスの内面を描こうとしたこの映画は、公平な監督とオーストラリア出身の女優によって成功しています。激しさと繊細。慎重と大胆。女らしさと男性的。ナイーヴさと狡猾。彼女の演技の振幅と、巧みな助演者たちのお蔭で、私も楽しみながら多くを考えさせられました。週日の夜のせいか空席の多い映画館で、「宗教がらみの作品だから日本ではとりつき難いかな」と一緒に観たやはりカトリックの友人が呟きました。

興味深かったのは女王の立場と個人の感情とのはざまで悩むエリザベスが、マリア像（英国ではヴァージン・マザー）の足許に跪いて祈り、その後で長い髪を切って白塗りのヴァージン・

クイーンに変貌する、象徴的な結末のシーンでした。

父王ヘンリー八世は、英国国教に改宗後はマリア像を打ちこわしました（エリザベスが跪いたマリア像は当然姉のメアリーが建てたものでしょう）。英国史上誰からも愛されなかったこの父王ヘンリー八世は（数ではメアリーほど多くなかったにせよ）残虐な処刑と共に記憶されています。処刑はカトリックにとどまらず、発言が気に入らないと国教やそれに近いプロテスタントの宗教家も処刑していますから。

エリザベスが女王となり、カトリックでなく英国国教を選んで再び教皇庁から破門されると、姉のメアリーの時代への復讐が、つまりカトリックの聖職者と信者への処刑が、大規模に行われました。名目は大逆罪でした。「これら狂信の犠牲者の数は、彼女の治下において、あのメアリーの治下におけると同じくらい多かった」とアンドレ・モーロワは書いています。「彼女の枢密院は四十七人の聖職者と、四十七人のジェントル（郷士）と、莫大な数の善男善女を処刑した」のです。聖者も含まれ「英国の至宝の一人」と女王の廷臣バーリー卿が嘆いたキャンピオン司祭も含まれています。迫害された人々も多く、シェイクスピアの父親もその一人です。

エリザベスは何を考えていたか。保身のための「見ても黙せよ」の政治的立場以外ないでしょう。死に臨んでも女王を祝福するカトリックの（キャンピオンのような）聖職者たちを赦免したいと考え、でもできなかった女王の保身です。エリザベスに替って英国の女王をも兼ねる気で一生を終えたスコットランドのメアリー女王（従妹（いとこ））を始め、カトリック国の政敵に囲まれていたのですから。神様をそっちのけにしての宗教争いと政治。他国の歴史にもこうした迫害、拷問、処刑、復讐の残虐は枚挙に暇（いとま）がありません。もちろんキリスト教以外の宗教も含めて、今も世界中で何と絶え間なく続いていることでしょう。

ヴァチカンの平和への努力は近年めざましく、東欧や東ドイツの平和的解放など歴史は次々と明るく塗り変えられました。時代の波に覆われて真実の道が見え難くなっている時、神様の許での「正しさ」と「先見の明」を示されるのは大きな救いです。※聖二千年を迎えての未来を、ヴァチカンの示す光に向けて祈っております。

※西暦二千年をヴァチカンは「聖二千年」とした。

バッハと私

「今ぞわれ　神のみ前（まえ）に進む」

ヨハン・セバスチャン・バッハの最後の曲。娘婿に口述で書きとらせたというオルガン合唱曲は、皆に愛されています。神への敬虔さと謙虚さと透明感に満ちたバッハの音楽の最後にふさわしいと、彼への感謝さえ覚える曲です。感謝といえば、バッハが妻アンナ・マグダレーナに与えた『クラヴィーア小曲集』の中の、妻への優しい感謝の曲が思い出されます。

「汝が我がかたわらにあれば
我は喜びもて死へと、我が安息へと進まん。
ああ、我がいまわのきわはいかに喜ばしきことか。
汝が美しき手が
我が誠実なる目をば閉じるとき。」

アンナ・マグダレーナは二番目の妻です。最初の妻マリア・バルバラが七人の子を産んだ後、亡くなり、再婚したのがアンナ・マグダレーナで、バッハより十六歳年下でした。彼女との間には十三人の子が生まれました。多産家系といわれますが、当時は幼児死亡率が高く、二十人のうち十人は夭折。でも十人は立派に育ち、フリーデマン、エマヌエル、フリードリッヒ、クリスチャンなどの有名な音楽家が出ています。二十歳で後妻に来たアンナ・マグダレーナは、父がトランペット奏者の音楽家の家庭に育ち、自らも宮廷ソプラノ歌手だったそうです。大そう明るい性格で、ずっと年上の偉大な音楽家バッハを尊敬し、色々と仕事を手伝い、作品を写譜し続けるうちにバッハの筆跡と見分けがつかないほどになった、というエピソードがあります。

「ようこそ　大事な花嫁さん
　今日の喜びに幸多かれ！」

で始まる詩が、『アンナ・マグダレーナ・バッハのためのクラヴィーア小曲集』の楽譜帳に書いてあったとか。ずっと年上のしかも子連れの自分の許に、二十歳の若さで嫁いでくれた新妻を、バッハは愛しみ育て、妻の方は夫を敬愛してつくし、家庭生活は幸せだったということです。

バッハは八歳の時に母親を、九歳の時に父親を亡くしたせいもあってか、家庭生活を大そう大事にしたといわれます。妻や、大勢の子どもたち、内弟子たちと一緒に、暖い雰囲気の中で演奏するのが無上の楽しみだったと。

貧しかった少年時代に月明かりの下で写譜した話は有名ですが、眼を酷使したためか、晩年眼の手術から余病を併発して、六十五歳で亡くなります。アンナ・マグダレーナはその十年後に五十九歳で、慈善私設救貧院でひっそりと亡くなります。立派に育てた十人の子どもたちはどうしたのか、という疑念が当然湧いてきます。その点に関しての資料は見ていませんが、当時の音楽家の生活は決して豊かでなく、子どもたちもそれぞれがまだ生活に追われていたということでしょう。思えば現代の私たちの周囲を見渡しても、老弱の親の処遇は子どもたちの数に関わりなく、施設に頼る傾向にあります。バッハの未亡人のこともそう驚くには当たらないのかもしれません。

私が子どもの頃から習ったピアノの先生は、バッハやモーツァルトの曲を特に大事に教えて下さいました。バロックの大天才バッハ、クラシックの大天才モーツァルト、どちらの曲も後のロマン派の作品と比べて弾く側にとってはまったく誤魔化しがききません。演奏者は欠点の隠しようがなく、身の隠しようがないのです。——近年、交響楽団の団員の方々と話していて、「モーツァルトの音楽は聴く側にとっては天国ですけれど」と言うと、彼らは続けて言いました。「弾く側にとっては地獄ですよ。……魅力的なね。」バッハも同様です。——

謙虚に弾くことの大事さを教えて下さったピアノの先生に、熱心に稽古を積んだ後は「英子ちゃんがバッハやモーツァルトを弾いている時は安心して聴いていられる」と言われたものです。少女の私はまだ「無心だから」という意味でした。でもショパンを始め、ローマン派の作品を弾く時は「もっと歌って」と言われました。大人になるにつれていわゆる歌う楽しさも覚えてゆきましたが、少女の私は「バッハをお稽古するのが一番楽しいの」と言い続けました。先生はニコニコと頷いて下さったけれど「何故？」と不思議がる人にはうまく説明できませんでした。「深くて飽きないから」と私は答えましたが、相手はやはり不思議そうでした。

いまなら説明できるように思います。バッハの音楽は深い上、宗教曲以外の、例えば舞曲や平均律や小品にも「祈り」を感じるからでしょう。私の母は溺愛した息子（私の兄）が青年期の自立に向かった時期ノイローゼのようになり、そのため少女の私はよく心悩ませました。何時間もバッハを稽古することは私の救いだったのだと思います。

大好きなピアノの先生は、現在国立音楽大学名誉教授の安部和子先生。カトリックの信仰をもつ姿勢（そのことでは何もおっしゃらなかったけれど）にも影響されたと思います。結婚した主人は趣味でチェロを習っていて、先生の佐藤良雄氏はパヴロ・カザルスのお弟子さん。御縁とはすばらしく、私のピアノの安部先生と佐藤氏は親しい友人でした。主人のチェロの発表会には、必ず私が伴奏することになり、合奏の稽古を二人の先生方にそれぞれみて頂けました。「夫婦で弾くって良いものねえ」と安部先生は涙をふかれました。つい夢中になって「ピアノの音、もう少し控え目にね」と佐藤氏におっとりと注意されたのも楽しい思い出です（フランコ独裁政権に抗議して演奏活動を止めていたカザルスは、来日中、門下生たちには親しく色々弾いて下さり、主人は得をしました。私は演劇公演のため聴きに行けませんでしたが）。

主人の伴奏をした最初の曲はサン＝サーンスの『白鳥』で、バッハは『トッカータ・ハ長調・アダージオ』を始め沢山あります。主人の病没後、私は『白鳥』は聴くのも辛く、バッハは辛くて弾くのを止めました。独りきりでピアノを弾く私を慰め癒してくれた筆頭の作曲家はモーツァルトでした。

主人が亡くなって、二千年を迎えれば没後十三年になります。そろそろバッハの「祈り」に向かおうかしらと、懐かしくてたまらない『平均律クラヴィーア第一番』の序曲を弾いてみました。グノーが『アヴェ・マリア』をつけた曲です。この曲のせいで私は昔、プロテスタントのバッハをカトリックと誤解したほどです。いま、あの名曲、マタイとヨハネ『受難曲』を改めて聴きたい気持ちになりました。

明日も楽しく……

「貴女(あなた)は大変な時も忙しい時も楽しそうで良いなあ。何故(なぜ)そんなに楽しいの？」と私の娘はよく友人や周りの人たちに言われています。「だって楽しいんですもの。ラン♪」と娘は答えます。息子は呑気(のんき)な一方で誰にでも寛大な気配りをし、顔を見ると、こちらがホッとするおおらかさを持っています。

いま（二〇〇〇年）娘は二十二歳、息子は十七歳です。二人の「明るさ」は幼い時からいまに到るまで変わらないなあと思います。明るくこの世に生まれてきた赤ちゃんの、その明るさを損なわずに、素直な子に育つように助けてやりたいと思いました。神様を、自らを、人間を、人生を、愛する子に。感謝の心を忘れない子に、育つようにと。

私は三十代の終わりにやっと娘を授かりました。(息子は四十代の初め)。嬉しさと、遅く母親になった分だけ一緒にすごせる時間が短いと思う不憫さとで、子どもたち二人との時間を最優先する生活になったのです。

その上、娘が九歳、息子が五歳になったばかりで、主人が病没。急性骨髄性白血病(血液癌)で八ケ月の入院生活の後でした。不治だと私は医師に宣告されていたので、いつ消えるかわからない主人の生命の炎を前に、子どもたちを主人の病気とつきあわせることにしたのです。「この病状でよく八ケ月も保った」と病院側に驚かれるほど主人が生きのびてくれたのは、子どもたちのお蔭だと思っています。

この経験を共に乗りこえて、その後は忙しい仕事を持ちつつ子どもたち中心の生活をする私の努力も解ってくれて、私たち親子三人は「寄りそって」きました。父親のいない淋しさを感じさせたくなくて、家を賑やかにする私の工夫や、友人たちの協力に、子どもたちは素直に喜んでくれました。主人が元気で、子どもたち二人がごく幼かった頃から、私は寝かしつける時、毎晩「きょうは楽しかった?」「とっても楽しかった!」「良かったわね。明日も楽しく暮らしましょうね」というやりとりをしていました。それが習慣になって――たとえ何か厭な思いや、子どもらしい悩みや、どこか痛くしたり発熱したりということがあっても、寝る前までには解決してやったので——子どもたちは「ああ、きょうも楽ちかったなあ。あちたも楽ちく暮らちまちょうね」と、自分から毎晩言うようになったのです。それはわが家では「お休みなさい」と一対になった言葉でした。

主人が入院中は毎晩それに「何か私に（僕に）できることがあったらおっしゃってね」という言葉が加わりました。主人が不治の病であることはもちろん子どもたちに言いませんでしたから、二人共、治ると信じていたのです。主人が亡くなった時、子どもたちが一番元気づけたのは、主人の受洗の知らせでした。家族の中で、主人だけ信者でないことを、子どもたちは不思議がっていました。「ひとの信仰には敬意を払うけれど」と主人は言っていました。「僕はアインシュタインの世界の側にいるからね」。物理出の主人は、自らを実証主義者だと言いたかったようですが、幼い子どもたちにはまだそんな理屈は解りません。その主人が、周囲の暖かい友情と、亡くなった日ずっと付き添ってくださった大司教様に感謝して、意識がなくなる前に洗礼を受けたのです。臨終は夜遅くで、幼い子どもたちには敢えてつき合わせませんでした。翌日、父親の死を知って泣きじゃくっていた幼な子二人は、受洗の話を私からきくと涙をぬぐい、目を輝かせて言いました。「本当？　それじゃお父ちゃまと天国でお会いできるのね！」

——幼な子のように神の国を受け入れる者でなければ、けっしてそこに入ることはできない。

「神の国はこのような人たち（幼な子）のものだからである」（ルカ18・16　マタイ19・14

マルコ10・14）と、イエズス様がおっしゃった言葉が、この時また改めて心によみがえったものでした。

当然、主人の死後、幼な子二人が、例の「楽しかったなあ。明日も……」の挨拶をとり戻すまでは多少の時間が必要でした。でも、それまでの甘えっ子から急に確りした「頼れる子」に変貌した九歳の娘と、ますます物解り良く周囲に理解を示すようになった五歳の息子とに、私は目を見張りました（息子は葬儀の日、ソファに丸まって泣いていましたが、誰かに「きみはこの家で唯一の男なんだぞ」と励まされるとガバとはね起き、父親の遺影を抱えて私のそばで凜々しくつとめを果たしてくれました）。父親の病気と死とを体験することで、二人はそれぞれに素直に「自立」の階段をもう数歩上ってくれたのです。

「明るい子は強い」「親に愛されているという自信を持ち、人生を愛する子は強い」と、精神神経科の医学者だった私の父は言いました。「問題児になったり、非行に走るのは、心をズタズタに傷つけられた子だよ」と。傷だらけにされた心は自分の存在に自信が持てず、自らを愛せず、人生をも他の人間をも愛する余裕などない不幸な病気に陥るのでしょう。一番の加害者は親なのです。晩年の父は、心を傷つけられたどこかの幼な子の話をきくと、たちまち目をうるませたものでした。「何とかしてやれないかなあ」と。父はまず、乳幼児期から児童期——人生観や価値観の基礎ができる時期——に決して子どもの心を傷つけずに、教え、躾け、怒らずに諭して、育てやっておくれ、とくり返しました。「親の小さなエゴイズムを押しつけずに、深い暖かい愛情と賢い知恵とで、おおらかに、おおらかに」（しかし甘やかさずに）と。

生まれた時から自立の階段を上り始める子どもの邪魔をせずに、暖かく見守りつつ導いてやることを、父は私に強調しました。父は娘の四歳の誕生日前に亡くなり、息子の誕生は見ていません。が、私は父が生前、娘の思春期、青年期までをも先読みして教えてくれた沢山の教えに支えられてきました。そして「女は子どもを産んだから母親なのではない。子どもを愛しみ育ててゆくうちに母親になってゆくものである」という真理を私に教えたかったのだと、父を喪って気付いたものでした。それは一生の仕事だと。

それだけに「お休みなさい。明日も楽しく暮らしましょうね」と、もう大きくなった二人が明るく私の寝室に言いにくるたびに、私は神様に感謝するのです。

「復活」の卵

「ユダヤ教の友だちが亡くなってお悔みに行くのだけど、習慣を教えて」と、私は以前、イスラエル大使館の友人にきいたことがあります。当時、参事官だったその友人は、丁寧にしきたりを教えてくれました。

黒は家族が着る喪の色だから、友だちはグレイとか紺とか、黒以外の色の服を着た方が良い。会話も嘆きでなく故人を偲びつつ明るい話題にした方が良い。未亡人や遺族を励ますのが「お悔み」の目的だから。花はふつう持って行かない。最近はアメリカナイズされ、また日本に住んでいるので、届いている可能性はあるが。飲み物は本来は紅茶かコーヒーが供され、アルコールは出ないのだが、これもアメリカナイズで出る可能性はある。――「それから、ゆで卵が必ず出されるから貰って上げてね。永遠の生命の象徴だから。死を再生ととらえての意味だから」。

懇切丁寧な説明に感謝して、私は黒でない地味な服を着て、派手な生菓子でないケーキか何かを抱えて行ったと記憶しています。でもユダヤ教以外の弔問客のほとんどが（外国人であれ日本人であれ）「自分たちの習慣」に添って、お悔みに来ていたのには驚きました。

つまり――彼の家はお悔みの花で一杯。さらに抱えて来る人もいたし、サロンは黒い喪服であふれ、ボーイさんたちが銀盆にアルコール飲料のグラスをのせて給仕して歩いていました。いつもとは違って私が手を出さないでいると、察しの良い未亡人が言いました。「英子、私たちのしきたりを重んじて下さって本当に有難う。でもアルコールも召し上って。主人も私も、いつもの通りが良いのよ。――それから（と微笑んで）ゆで卵は是非ね」。亡くなった友人はアメリカとフランスの国籍を持つ人で、夫婦共にニューヨークのイースト・サイド出身者です。日本人の多くは宗教に余り神経質でないし、外国人にも、彼らがユダヤ教徒だと知らない人もいたのでしょう。私は親しくつきあううちに知ったのです。

「英子、ユダヤ教徒は土葬なのよ。主人は横浜の外人墓地に埋葬されるのだけれど、埋葬には家族しか立ち会わないの。——ユダヤ教のしきたりでは立ち会う銘々がお墓に小石を積むの。貴女の分として私が、一つ余分に小石を積むわね。貴女の友情に感謝して」と、未亡人に電話で言われた時、私は感激しました。そして旧約聖書を思い出したものです。

私にはユダヤ教の人たちを含めて様々な宗教の友人たちがありますが、皆、私がカトリック教徒の端っこにいることを知っています。

父が亡くなった時も、主人の時も、そうした友人たちは駆けつけてくれました。本葬はどちらも文京区関口のカテドラル（東京カテドラル聖マリア大聖堂）でした。でも父の自宅での密葬の期間、親しい上智のロゲンドルフ神父様と、薬師寺の高田管長とが、別々の食事をとりながら（管長は菜食）、仲好く延々とお話をされていたのが印象的でした（お二人とももう故人です）。高田管長は神父様の許しを得て父の十字架の祭壇の前で般若心経を上げて下さったのでした。主人の自宅での密葬の期間中は、薬師寺のほかに、友人の高野山のお坊様もお経を上げて下さり、神社からのお悔みもあり「故人は忙しいですねえ」と友人たちに冗談を言われました。

でも父の時にも、主人の時にも、密葬期間のおおらかな交流を見た上、カテドラルでの「復活を思わせる」美しい御ミサに出席した人たちから「カトリック教徒になりたい」という御相談を受け、葬儀の度に洗礼を受ける人がふえたのは、嬉しい思い出です。

イスラエルの友人たちは、エルサレムの自然公園に、主人を追悼する「記念の松の木」を植えて下さいました。物理出でテレビ技術の草分けだった主人から色々教わったと、「国の友人」としての栄誉を贈ってくださったのです。主人が亡くなって、今年で十三年。主人の名のもとに植えられた松の苗木がどんなに生長したか、子どもたちと見に行きたいと思いながら月日がたっています。彼らの友情に感激しつつ迎えた主人の没後一年の追悼ミサで、私は聖歌隊にお願いして皆で歌う聖歌の中に、あの素晴らしい聖歌「シャローム」を入れて貰いました。「シャローム」という言葉はイスラエルの人たちが挨拶に使うほど大事にしている言葉です。

葬儀の時同様に、イスラエル大使夫妻をはじめ外交官たちや、ユダヤ教の友人が大勢、カトリックの御ミサにあずかって下さるというので、御礼の意味もこめての選択でした。

——思ったとおり、ユダヤ教の人たちは「シャローム」の聖歌を喜んで唱和してくれました。思いがけなかったのは、彼らの涙がとまらなくなったことでした。「英子、素晴らしい聖歌を私たちのために選んで下さったのね。恒夫（私の主人）や貴女や幼い子どもたち二人のことを思いながらあの曲を歌うと泣けて泣けて」と、彼らは御ミサの後、赤い目をして言いました。

思えばシャローム（平和、平安）という言葉は、イエズス様を通してキリスト教徒の言葉にもなっていますが、イスラエルの人たちにとっては（多くのアラブの人々同様に――アラブではサラーム――）生命に関わる切実な言葉でもあるでしょう。ユダヤ教の友人へのお悔みで知った「再生の卵」。この習慣がキリスト教の復活祭の卵のもとになったのでしょうか。

「ユダヤ教からキリスト教とイスラム教が生まれたのに、救世主(メシア)はキリスト教に先にお現れになったのね」と私が親しいユダヤ教の友人たちに軽口を言うと「我々の救世主(メシア)は一体いつ現れるんだろうねえ」と冗談好きの彼らは答えます――ユダヤ教の救世主(メシア)の出現時に開くというエルサレムの「黄金の門」は、いまも閉ざされたままです――。

救世主イエズス様が身をもってお示しになった復活で、キリスト教での「復活」は明確です。そして「復活」の意味が日々の中にとり入れられた説明を、教会で教わって嬉しくなったものです。私たちが洗礼をうけることから始まって、御ミサにあずかることも、一日の終わりにお祈りすることも、この世での生を全(まっと)うすることも、私たち一人ひとりにとっての「復活」に通じると教わったからです。

信者の端くれとして私が大事にしている信仰に、敬意を払いながら友情を尊んでくれる他の宗派の友人たちの有難さを、しみじみ思います。身近な所ではもちろん、遠く離れた国にも、私たちのために主人を永遠に偲(しの)ぶ樹を植えて下さった人々がいる――「復活」の卵は、こうした友情にも暖められるようで、そこにも私は神様の恵みを感じるのです。

田中澄江先生
――カテドラルの通夜での弔辞より

先生はすばらしい生涯を全うなさいました。私共はこの世ではもうお目にかかれない淋しさのうちにとり残されております。

昔、若い私の文学座研究生時代の姿が、強く印象に残ったからと、お心にかけて下さった先生。そして私が母となりカトリックの受洗をしてからは、さらに親しくおつきあい下さった先生。私は澄江先生を演劇の上でも信仰の上でも先生と呼ばせて頂いて参りました。

昨年（一九九九年）先生が名誉都民に叙せられたお祝いの会で、先生の作品を朗読する光栄を得た十月。その後、お亡くなりになる二日前に私は病院に伺い、お会いすることができました。お従妹さんの神山富久子さまが御案内下さったのです。幸い先生はお目を開き、私を認めて輝く大きな笑顔で応えて下さいました。それに力を得て、この九月に名古屋で再演する先生の脚本オペラ「二十六人の殉教」の演出を私が担当させて頂くこと、作曲の新垣壬敏氏とスタッフと共にト書きに到るまでオリジナル台本の通りにすること、を御報告すると、さらに大きな笑顔で頷かれ、口を開いて何かおっしゃりたそうにさえして下さいました。本当に嬉しいことでした。

先生の両手にはお子様方のお心づくしの可愛い手袋がはめられ、私はその上からお手を握っていたのですが、立ち去り難い心を手の温みに残したくて、替えの一つにと失礼ながら私の手袋を差し出すと、枕許の方々が「今はめて上げて下さい」とおっしゃり、そうさせて頂きました。私が立ち去った後、先生はその手袋の手を目の前にかざして眺め入っていらしたとか。

――二日前のこうしたすべてに私は感激し、神様に、先生に、周りの皆様に感謝しております。

澄江先生、先生は偉大な作家でいらっしゃると同時に、信仰上も、人間としても偉大な先達でした。――数年前に他界した、文芸評論家でもあった私の兄（剛）が、かつて先生の大きさを表すため、あえて「文壇で稀に見る男」だと言ったことがあります。先生はその表現がお気に召してユーモラスに「私、村松剛さんに立派な男だって褒められたのよ」と時々話しておられました。私も先生の大きな心から湧き出る暖かさと、相手に負担をかけないための思いやりのユーモアの神髄に、辛い時、悲しい時に慰められ、励まされた者の一人でございます。

思い出は限りなくありますが、真っ先に浮かぶのは十八年前、私が父の葬儀後の過労からひどいムチ打ち症にかかった時のことです。その朝、私は新潟の教会の改築祝いに講演に行く約束でした。が、首と背中の激痛で何としても起き上がれない。――心配した主人が先方に連絡し、私は担架に乗ってでも行く、とベッドで叫んでいました。そこへ澄江先生から「かわりに行く」というお電話がかかったのです。過労で倒れた際の手当てが悪くて後遺症に苦しまれた先生のお嬢様の話をされ、「貴女もムリをして命にかかわったら、残されたお子さんたち二人をどうします？」と諭されました。そして「私はいま長編小説を書いている途中で、一寸息抜きしたいところだからちょうど良いの。気にしないですぐお医者様にかかりなさい。――では行って参りまあす！」と切れた電話を、私は涙の滲む目でみつめました。結局、私は重症と診断され、あの日私は澄江先生に命を救われたと思っております。

その後、幼い二人の子どもたちを残して私の主人が血液癌に倒れた時、亡くなった後、澄江先生の暖かさは身にしみました。澄江先生はマザー・テレサの口癖の「ラヴ・イズ・アクション」の実践で、暖かさを「行動」で表して下さる方でしたから。たまたま主人の病気中、先生が私のことを雑誌に書いて下さった時、資料を速達でお送りする約束をしました。が、郵便局にお使いを頼んだ手伝いの人が慌てて速達切手に水をつけすぎたためポストで流れ落ち、普通便で届いたのです。今か今かと届くのをお待ちだった先生は、事情がわかるなりおっしゃいました。「そういうことも起こるのね。私も知らずにやっていたかもしれない。お手伝いさんを慰めて上げてね」。他人の落度さえ反省のよすがにする澄江先生の謙虚さに、私はまた一つ、教えられたと思ったものです。

先生のお若さは、そうした心の弾力性にあったのでしょう。しんみりした慰め励ましのお言葉には、常にユーモアが伴いました。旅先からはおハガキで、「貴女も元気をお出しなさいね。私はこの齢でハワイで波乗りするのよ。入れ歯を抑えて」。私はよく泣き笑いをしたものです。「小さいお子さんたちも一緒に登れる程度の山登りをしましょう」とのお誘いは、こちらの都合で実現しませんでしたが、御自宅には伺い、お庭で木登りさせて頂いたり。よくピザをすすめて下さったので、私の子どもたちはおいしいピザにあうと「澄江先生」を思い出すようになりました。その娘も今春、聖心女子大学を卒業、息子は麻布高校を卒業する齢になりました。二人の入学時、先生は喜んで下さったので、晴れ姿をお見せできないのが残念です。娘は高校までは先生のお嬢様の後輩、お孫様の先輩にあたり、四谷の雙葉学園にお世話になりました。澄江先生が「雙葉、ここには神様がいらっしゃる」とお書きになったのを、私は娘が卒業後にお頼まれした雙葉での講演で引用させて頂き、喜ばれたものでございます。

澄江先生、「先生と共に神様がいらっしゃる」と私は信じて参りました。千禾夫先生が受洗された頃、幸い私は教皇様に個人謁見の栄誉を賜り祝別して頂いたロザリオを、お渡しできました。お喜び下さった千禾夫先生がそれを首にかけて御ミサにあずかったのを、澄江先生は※信者はそのようにしてはいけないのにと「糟糠の妻である私の言うこともきかず」と笑わせて下さいました。澄江先生はいま千禾夫先生と御一緒に天国でどんなにお幸せなことでしょう。

先生は主人亡き後、二人の子どもたちを抱えた私の生活の心配までして下さいました。浮世の風の冷たさを感じるにつけ、私は先生の有難さを思い出します。でも何よりも先生のお陰で巡り会え、お親しくなった方々、先生を中心に拡がった友情に恵まれた幸せがございます。澄江先生は「愛」という宝物を私たちに遺(のこ)して下さいました。

「戦士の休日」という表現がありますけれど、澄江先生は兄を真似れば、「英雄の休日」にお入りになったように思えます。どうかごゆっくりお休みくださいますよう。先生が下さったかけがえのない豊かさにくるまれて現世を生き、私共もいずれ先生のおそばに伺いとう存じます。天国に向けてあい努めますが、何卒(なにとぞ)澄江先生、お親しくなられたはずの聖ペトロ様におとりなし下さいまし。どうか今後共、私共をお見守り下さいますようお願い申し上げます。

平成十二年三月六日

限りない尊敬と愛と感謝をこめて

※ロザリオを首飾りのように扱ってはいけないという意味。

父に教わった
人間の心の不思議

心と身体（からだ）の結びつきの神秘を教えられた、強烈な思い出があります。

ある患者さんが外科で手術を受けたが、どうしても傷口がふさがらない。外科で困って、内科的原因かもしれない、と内科へ廻した。内科でも原因がつかめず、心療内科へ廻した。心療内科でも困って、精神神経科へ相談。精神神経科へ廻された患者さんの傷口は、一晩でふさがったそうです。これは、父が医学部の精神神経科の教授をしていた国立名古屋大学の附属病院での話です。父のお弟子さんの、若い女医さんが、当時まだ高校生だった私に教えてくれました。「その患者さんの、心の不安が、傷口がふさがらない原因だったのね。何日間もお気の毒な思いをした患者さん、村松先生の心の治療で一晩でふさがったのよ」と嬉しそうに言った女医さんの話が、私には忘れられないほど強い印象を残しました。

父の病棟ではよくある話の一つだったかもしれません。回復後の患者さんや御家族が、東京の自宅にお礼を言いに訪ねていらした時などに、私が偶然、茶菓を出すのを手伝って見聞きした例もいくつかあります。「先生のお蔭で右腕が動くようになりました。どの科でも見放されていたんですのに」と涙を浮かべていた老婦人。「歩けるようになりましてねえ」と喜んでいた中年紳士。「口がきけなかった息子が、お喋り(しゃべ)になって家の中が賑やかになりました」と言った両親。「対人恐怖症が治りまして、今度、結婚できそうです」と笑った若い女の人、等々……。

先天的に負った心身の障害（心の障害が思春期、青年期に現れる、※分裂症と呼ばれる病気など）や、外傷による障害は別として、元来は健康だったはずの人が急に陥る苦痛。病院のどの科でも首をかしげられ、最後に精神神経科で治った患者さんたちの姿に、私は目を見張ったものでした。神経症（ノイローゼ）とは、ノーマルな普通の人間が誰でもかかる可能性を秘めた症状だとも聞きました。重症だと他の精神的症状と見分けられにくくなるとも。「自分はどこもおかしくない」というのが重症または他の病状で、「辛いから診(み)て」と訴えるのが多くのノイローゼ症状だそうです。「ノイローゼは治る」と父は言いました。「ノーマルな人間には反省力と回復力が備わっているものなのだよ」と。「例えば患者の訴えに、信頼された医者が普通は長くても二百時間、協力的に耳を傾けていれば、患者自身が反省し始める。つまり自分を客観視し始める。そうなればもう回復に向かったということで、患者は自力で治ってゆくんだよ」。父が珍しく私にこんな話をしてくれたのは、私が外国人の友人を父に頼んだ時でした。それまでにも友人、知人に頼まれて父に紹介した時、父は何も内容を話してくれませんでした。精神神経科の医者とは、告解をきく神父様と同じで、相手の心のプライヴァシーは極秘だからです。ノイローゼの人は苦痛をオープンに訴えて、「だからお父様に紹介して」と言いました。でも専門家の父の手にかかると、原因は表むきの症状とは別の隠れたところにあると（本人は初めは気付かずにいても）わかってくることが多いようです。それが家庭問題や人間関係やきわめて個人的問題が多いから、ということのようです。

私の外国人の友人の場合も、父は彼の悩みの原因に関わる内容は話してくれませんでした。でも、彼の在日期間中の仕事の合間をぬっての治療だったので、治療の本質の話だけはしてくれたのでしょう。彼は世界的に一流の交響楽団の音楽家でした。「僕は自殺したいけど淋しいから独りじゃイヤだ。英子つきあってくれないか？」と物騒なことを言われて、もう一人の友人（彼の同僚の音楽家）と私は仰天しました。三人で話し合いの結果、「英子の父上は世界的に有名な精神科医じゃないか。僕を診て下さるかしら？」と彼は言い出し、私はホッとしました。彼と心中しないで済むのならお安い御用だと、私はその場で父に電話して頼んだわけです。治療後「お蔭で生きる希望が湧いてきた。父上と英子に感謝する」と言って、彼は帰国しました。

父は東大の医学部を卒業後、ハーヴァード大学へ留学。昔の日本人としては珍しく国際医学界でも活動していたのです。父の教室には外国（主にアメリカ）からの若い学者たちも研究に集まってきていました。精神衛生の問題には環境問題が大きい、という観点から、精神科医以外に心理学、児童心理、社会心理、社会福祉、それに人類学、哲学までの学者、研究者が参加。外国人はわが家によく泊まり、話は尽きないようでした。そんな環境で育った私は、父ほどになれなくても、心の病を癒す精神神経科の医者になりたいと思った時期がありました。高校時代のことです。小学校時代から詩を書いたり、英国人の先生の個人教授について英語、英国文化を喜んで教わっていた私は当然、英文学科へ行くと信じていた家族は驚いたようです。九歳上の兄は「よせ、よせ。英子が精神科医になったら、正気の人間までおかしくなっちゃうぞ」などとケシカラヌことを言ってからかいました。

父だけは、いつものように真摯に私の思いを受けとめてくれました。例の、私の親しい一番若い女医さんに私のことを頼んでくれたのです。彼女が私に白衣を着せて入院病棟を見学させてくれた時のこと。「まあ、可愛いセンセイ」と入院患者さんたちは高校生の私を歓迎してくれ、私は後ろめたくて小さくなっていました。邪魔してはいけないので、見学は一度だけ。するとその後、折紙の重たい千羽鶴が私に贈られました。「患者さんたちに『あの可愛いセンセイはもう来ないの』ときかれて、『体調が悪くて』と返事したら、皆で折ってくれたんですよ。『早くよくなってね』って」と、女医さんも私と一緒に感動してくれました。

十七歳の私は決断をせまられました。結局、父の冷静な忠告で、熟考の末、私は英文学を選びました。「医学は捨て石になる覚悟が要るが、英子は文学や表現が好きなのではないか」との気づかいに加えて、余り丈夫でなかった私の体力を深刻に心配してくれたからです。でも父は私が影響を受けたことが嬉しそうでしたし、影響は絶大なものでした。

だからこそ、私はカトリックの愛による心の奇跡を素直に受けとめられるのだと思います。私に「愛」を教えた父は晩年に言いました。「人間の心にはね、科学でも哲学でも、医学でさえも解決できないものがある。それは渇愛と不安だよ。——それを解決できるのは、それは信仰だ」と。

※現在「統合失調症」。

夏の夜の夢①

シェイクスピアの傑作喜劇「夏の夜の夢」を七月（六日から十六日まで）に上演するので、いまそのお稽古の真っ只中です。原題「ミッドサマーナイツ・ドリーム」は、かつて明治時代の坪内逍遙氏の訳では「真夏の夜の夢」となっていて、私たちはその題に馴れ親しんできました。

ただしシェイクスピアの意味する「ミッドサマー」は夏至（げし）のことで六月。一年中でいちばん昼の長い日。それを盛夏と誤解されないようにと、近年の訳は「真夏」でなく、「夏」となったのです。私どもの上演も、小田島雄志（おだしまゆうし）氏の訳本です。

夏至祭当日はミッドサマー・デイ。六月二十四日、洗礼者聖ヨハネの祝日でもあります。ミッドサマー・ナイト（あるいはイヴ）はその前夜祭で、陽気なお祭りの夜となります（もとは民族的な行事を、聖人の祝日の前夜祭と結びつけたところは、十一月一日の諸聖人の祝日の前夜祭としたハロウィーンを思い出させます）。この六月二十三日の夜は、一年中でいちばん、妖精（精霊）が活躍し、魔法が行われると信じられて、恋占いがつきもののお祭りだったようです。さらにメイ・デイに結びついた豊穣祈念の民族行事五月祭の匂いも、この芝居には加味されています。

シェイクスピアの喜劇は、古典喜劇的に、お祝いごと（王侯貴族の結婚や祝祭日）のために書かれ、最後はめでたく何組かの恋人たちが結ばれるハッピーエンドに終わります。ハッピーエンドが大好きな私は、喜劇が好きですが、「夏の夜の夢」は彼の全作品中でもいちばん好きな作品です。

大作家であるシェイクスピアは、一筋縄ではゆかない作家で、喜劇の中にも鋭い風刺、哲学、人間心理など、人生のすべてが書きこまれています。英国を始めとする英語国では聖書の次に多く引用される言葉がシェイクスピアのせりふ、といわれています。「夏の夜の夢」も、そのせりふがよく引用される作品です。

パックという狂言廻しの妖精が、惚れぐすりを間違えて使ってしまったために、二組の恋人たちが大喧嘩を始める——その時にパックが妖精の王に言う、余りにも有名なせりふがあります。

「……芝居見物と洒落ましょう。

人間て何てばかでしょう」

妖精パックのしでかした惚れぐすりの間違いで生じたいざこざや喧嘩という筋書きではあるけれど、私たち人間は妖精が間違えなくても、勝手に誤解したり心変わりしたりして、いざこざや喧嘩を起こす生きものです。それを、妖精が、風刺的に笑っているとも言えるせりふでしょう。世界中で、日常生活の中で引用されているこのせりふを、私も時々、カッカとすると思い出すことにしています。そばで、人間の目には見えない妖精が笑っているかもしれない、と思いながら。「人間て何てばかでしょう」と言って。また、二組の恋人たちが森の中で経験した夢幻のような話を聞いた後で、公爵の婚約者の言うせりふ「それにしてもゆうべの話……想像力が生み出す幻とはいえない、それ以上の、大きな現実の力が働いているように思われるけど……」も印象に残ります。これらのせりふは作者自身の言葉のように思えるのです。シェイクスピアはカトリックだったけれど、それを隠していた、という説が根強くあります。エリザベス一世の即位と共に英国がカトリックから英国国教への宗旨変えのあと吹き荒れた殺戮や弾圧の中で、彼の父親もカトリックだったため迫害を受けました。その息子ですからカトリックだった可能性は高いのです。しかもエリザベス一世とそれをとりまく貴族たちのために芝居を書いた身分としては、カトリックなら隠さずには済まされなかったでしょう。それを考える時、彼の妖精の描き方には興味深いものがあります。

英国人ほど妖精の好きな国民はいないのではないかと思われるほど、妖精の存在は彼らの日常生活に密着しています。元来いちばん沢山（たくさん）妖精を生んだのは森の住人だったケルトの文化です。ケルト人はウェールズやアイルランド、またスコットランドに追いやられてしまったけれど、アングロ・サクソン人への影響は多大です。

例えば――日本でも最近報道された「妖精の写真」事件はまだ記憶に新しいはずです。かつて英国の少女姉妹が病気の従妹を慰めようと、妖精を作って森の中でとった写真。それがたまたま「本物」の妖精というふれこみで妖精や降霊術の好きなコナン・ドイル（「シャーロック・ホームズ」の作者。アイルランド系）の手に渡り、ドイルは「本物だ！」と歓喜したのです。「本物だ」「いや作り物だ」と英国中が百年近い歳月を議論してきました。大騒ぎに恐くなって沈黙した少女の妹の方が年老いた近年（姉亡き後に）事実を告白したのです。おもしろいのは「本物派」は彼女の告白後も「しかし彼女が作ったという妖精の数よりも写真では一つ多い。あれは本物ではないか」とこだわっていることです。

シェイクスピアの時代（十六世紀）には、人間世界は宇宙的自然界に支配されているという、中世の考えがまだ尾を引いていたといわれます。妖精は人間世界を支配する自然界の一部で、民族伝説の中に生まれ、当然、中には恐怖の的となる存在もいるわけです。

シェイクスピアの妖精たちは全員が、いたずらはしても善意の存在です。そして人間的です。妖精の王と女王は、幼い小姓をとりあって気まぐれな夫婦喧嘩をし、そのために天候異変が起こって人間を困らせていることを反省しています。つまりシェイクスピアは、妖精たちを非キリスト教的世界の「理解を超える恐怖」の存在よりも「人間に近い、親しみのある」存在に創ったのでした。シェイクスピアが創った「妖精観」が、英国人をより妖精好きにしたかどうか、断言はできないけれど、何らかの影響は与えたように私には思えます。何しろシェイクスピアの「人間平等観」はコミンテルンに影響を与えた、といわれていますから。シェイクスピアは神様の存在には用心深いと思われるほどに直接触れてはいませんが、人間はひとしく弱いもの、と描くすべての存在への平等観や愛を讃える姿勢のかげに、大きな信仰心がみえるように思えるのです。

今回の上演は、旧細川邸の、森を背負った広いお庭とテラスを使って臨場感を出します。大人の俳優以外に、同じ敷地内にある「和敬塾」の若者たち（男子学生）の参加もあり、女の役や妖精役も全員、男子が演じます。全員が男優だったシェイクスピア時代と（私以外は）同じ条件です。愛と、夢の楽しさも同様であるようにと努めています。

夏の夜の夢②

シェイクスピアの傑作喜劇「夏の夜の夢」の公演が大成功のうちに終わったところです。芝居はお祭りに似て、うまくゆけばいっそう俳優やスタッフには終わった時の寂しさが身にしみます。お蔭さまで今回の公演も成功し、初舞台を踏んだ大勢の若者たちの感動と感傷が強いので、私も打ち上げで泣き出すかと思っていました。でも公演を主催した私は泣くには忙しすぎ、若者たちは「終わり」よりも「始まり」を予感させてくれる存在です。

思えば今回の企画は思いきったものでした。プロの俳優たちと一緒に、「和敬塾」という男子学生寮の大学生三十人近くをオーディションで役決めして（役はダブルで）特訓し、観客の前に出せるように仕込んだのですから。舞台は重要文化財の旧細川邸のテラスと、森を背景にした広い庭です。御縁あって五年前（一九九五年）からこの旧細川邸サロンで、少なくとも年に一回は（別に劇場公演がある時も）芝居を上演することになりました。建築は昭和初期だそうですが、英国のチューダー・ゴシック様式。チューダー様式とはエリザベス朝までの建築様式ですから、シェイクスピアにもぴったりです。最初はサロンでフランスのサロン喜劇から始めて、恩師三島由紀夫先生の『近代能楽集』や、英国式に観客をまきこむ推理劇（ミステリー・ツアー）や、イタリア風仮面喜劇など、色々上演してきました。「いつも新しい企画でおもしろい」と皆さんに言われて、苦労が報われてきたのです。

その間にも私は「この庭とテラスを使って『夏の夜の夢』を演れたらいいな」と夢みていました。演劇関係者や観客にも言われました。「でも出演者数も多い上に全員がエネルギーの要る芝居だから」実現は難しいとも思っていたのです。そこへ例の「和敬塾」の学生たちから出演希望の声が届いたわけです。以前のミステリー・ツアーの時、観客にまぎれこませる役割で、彼らの先輩二人ほどに出演して貰ったのですが「それが羨ましかった。僕たちも何かに出演するのが夢です」と言われて決心しました。「お互いの夢が実現できる」と。

実は私の決心には伏線もありました。一つは前述の「和敬塾」（財団法人）が旧細川邸を含む広大な敷地内で経営する、東西南北の男子学生寮の存在です。毎年塾祭で各寮が競う「演劇コンクール」に昨年から私は審査員を頼まれました。それで学生たちの演技力も見たし、彼らと親しくもなったのです。

もう一つは、倉敷市が百億円かけて建てた劇場「芸文館」の演劇担当理事兼初代館長として仕事をした期間に、市民の演劇育成も依頼されました。そこで私が演技指導と演出をした一回目の上演が「夏の夜の夢」でした。大成功で、新聞にも大きくとりあげられ、出演者中、三人の市民が、地元のラジオのパーソナリティなどに引き抜かれて、セミ・プロとして巣立ったくらいです。

この二つの経験に裏打ちされた決心ではありましたが、大変な時間とエネルギーを要しました。庭での演技ですし、学生たちにはまずお腹(なか)から出す声を響かせる演劇的発声法と、きちんとせりふを言うアーティキュレーションの特訓を、七月公演に向けて三月末から始めました。五月になって総演出の観世栄夫(かんぜひでお)氏とプロの俳優も全員揃(そろ)っての立ち稽古(げいこ)開始。動きは文字通り、手とり足とりです。

役は私が公爵のフィアンセと妖精の女王の二役。犬塚弘氏が公爵と妖精の王の二役。水島文夫氏（文学座出身）が若い娘の一人の父親と職人のリーダーの二役。湯沢紀保(ゆざわのりやす)氏（俳優座出身）が狂言廻しの妖精パック。熟年の俳優が中心にいて、二組の恋人たち、職人たち、妖精たち、という三つのグループが学生。女役も妖精も男子が演じるのはシェイクスピア時代と同様です。初めは「先生、女はどう演じれば良いですか」と不安がった子に、「声の高めの、優しい容姿の子を選んだのだから大丈夫。素直にせりふをきちんと言うことだけを考えなさい」と指導するうちに（ダブルキャストで）四人の女役は、他の子から「気味悪い」と言われるほど女っぽくなり、観客からは「あなた本当は女なの。男なの。どちら?」ときかれてタジタジとなっていました。女役の子の顔にあう鬘を一緒に買いに行き、衣装をデザインして専門家に縫って貰い（私自身の衣装と職人の劇中劇の衣装は私が縫い）、メイクアップ指導をし、女役は千秋楽まで化粧を直して貰いに私の楽屋に来ていました。

スタッフも学生が志望してくれました。チラシの絵や構成に挑戦した学生たちを指導してもなかなか言う通りにできず、「村松さんは辛抱強いですねえ」と印刷屋さんに呆れられたほどでした。が、その経験をへて、観客に渡すパンフレットの方は私の指導通りにすぐできたのです。「教育とは子どもへの信頼と辛抱である」という真実を、改めてかみしめた思いです。音響係も学生。幸いに昨年の塾祭で音響賞をとった子が志望してくれ、メンデルスゾーンがシェイクスピアの「夏の夜の夢」によせて作曲した名曲から、私が立てた音響プラン通りに、よくやってくれました。夜の公演時の照明係も学生が志望してくれました。

プロと一緒の全員稽古になると、演技以外に稽古場や劇場のルールも同時進行で教えなければならず、私以外の大人たちにも辛抱を強いることになりました。プロの誰かが苛立つ前に、私がオコったり、ホメたり、ナダメたり、のプロを含めて全員への心理操作も必要になりました。過労で発熱した私が稽古を一口半休んだ後行くと、皆が「母親が帰宅したかのように」喜んでくれたものです。真面目で素直で熱心な学生たちを、プロの大人たちも可愛がって下さり、全員が一丸となれたのです。——一つの目的に向かって全員が一丸となることの貴重さ、その上で個性が輝くことも彼らは覚えてくれました。

妖精の振付をお願いしたモダンバレエの本間直樹氏は、ついに稽古の途中から千秋楽まで毎日つききりで指導して下さいました。公演後も本間氏に続けて弟子入りした子もいます。

他にも、ここに書ききれないくらい、色々なことがありましたが、「終わり良ければすべて良し」（シェイクスピアの喜劇名）です。学生たちの中に演劇界入り志望者も何人かいるけれど、ほぼ全員、将来は別々の道へ行く子たちです。医学部、理工学部、法学部、経済学部……。大学も東大、慶大、早大等々です。

「かけがえのない経験をしました」と彼らは言ってくれましたが、演劇人の私たち大人や、多くの観客も同様の思いでした。「演劇というものの初心に触れた思いがする」と、古典芸能の人間国宝の方が言って下さいました。厳しい指導だったのに、感謝し続けてくれる学生たちに感謝すべきは私の方です。彼らから、初心と、素直でひたむきな熱意をはじめ、多くのことを学んだのですから。教育ということの神髄も、そういうものなのでしょう。

イエズス、マリア

「イエズス、マリア」

いま（二〇〇〇年）から四百二年前に、長崎の街に面した丘、西坂（現在公園になっている）で十字架上の殉死をとげた二十六聖人。彼らが息をひきとるまで唱えたのが、この言葉といわれます。十二歳のルドビコ茨木、十三歳のアントニオ（父は中国人）の幼い少年二人は、フランシスコ会士ペトロ・バプチスタ神父の右側で小さな十字架につけられました。

「わたくしの十字架はどれ？」とルドビコは役人にきき、一番小さな十字架を教えられると走り寄ってそれに抱きついたそうです。アントニオは棄教してと哀願する両親に、「嘆かないで下さい。私は天国に参り、父上と母上のために祈ります」と、ルドビコの隣の自分の十字架の方に走って行きました。そして二人はバプチスタ神父から以前に言われた通りに、詩編112～113「子らよ、主をほめたたえよ、主のみ名をほめたたえよ」を澄んだ声で歌ったのです。歌い終えないうちに槍の穂先が両脇腹を突いたけれど、息をひきとる時には「パライソ、イエズス、マリア！」

と声高く唱えたそうです。微笑みながら。……

また十五歳の少年トマス小崎は、父と共に十字架につけられます。旅中の深夜に少年が最愛の母親にあてて書いた手紙があります。殉教後、父ミカエルの血に染まった袖の中から、ポルトガル人によって発見されました（現在、その直筆は失われたけれど、スペイン語に訳されたものがヴァチカン図書館に保存）。内容は、父と共に一足先に天国に行って母を待つこと。都に神父がおられなくとも臨終の時には罪を悔いてほしいこと。この世のはかない命でなく天国の永遠の命を大事に、侮りにも耐えてほしいこと。人々に多くの愛と徳を与えるように。とりわけ二人の弟たちを信仰強い人に育てて下さい。という意味のことが、驚嘆するほど確りした信念を持って、神への敬虔さと母への愛に溢れた、輝くばかりの純粋な心で書かれています。

二十六聖人は幼い少年たちから六十歳代までの日本人（三人のイエズス会士を含む）二十人と六人の外国人（全員フランシスコ会士）です。かれらの殉教四百年祭にあたった一昨年（一九九八年）、長崎での上演にむけて、田中澄江脚本、新垣壬敏作曲の、すばらしいオペラ「二十六人の殉教」が出来上がりました。田中澄江先生は執筆を前に「貴女にも出演してほしいわ。細川ガラシャで。ガラシャは京都でかれらが引き廻されている姿を見て、大変感動して影響されたそうだから、そんな情景の登場を考えているの」と、（ガラシャ好きの先生ですから）熱心に言って下さいました。でも、まず長崎でのオペラは長崎の方々による上演ということになっていましたし、私は同じ時期、紀伊國屋ホールでの芝居が決まっていました。「是非、参加したいですけれど、長崎公演はムリです。東京で上演する時に私の役を書き加えて下さい」と勝手なことを言ったものでした。出来上がった脚本は（ガラシャは登場せず）二十六聖人とその関係者だけに凝縮されたものになりました。長崎公演は、後でヴィデオで観るだけでも泣けてくるほど、出演の皆さんの迫力は感動的でした。何を上演するにしても途中の苦労はつきものですが、長崎での苦労は、東京からの演出側がまったく切支丹もカトリックも知らないことにあったそうでした。田中先生の苦心の脚本も、新垣氏の曲も、知らない強味でのカット――例えば、お祈りの言葉を途中で中途半端にカットされてはミもフタもありません――とのたたかいだったときかされました。お気の毒な田中先生はすでに崩されていた体調をますます崩し、新垣氏は血糖値が上がり……という具合だったそうです。

それで、この九月三十日、名古屋（の方々による）昼夜二回公演で、このオペラを上演するにあたって、私に演出のお鉢が廻ってきました。初めから色々内情をきかされていただけに、大変なお役目を引きうけることになりました。そして田中先生の亡くなる二日前の枕許で「私が演出することになりましたが、ト書きに到るまで先生の脚本通りにいたしますから」と誓い、先生にたいそう喜んで頂いたのです。

長崎での演出側には、田中先生のト書きが無視されたからです。先生のト書きでは、二十六聖人が京都から長崎まで連れてゆかれる道行きの地図が背景に浮かび上がり、観客はその道すじを共にたどれるようになっていましたが、カットされました。そして何故か、最初に関口の東京カテドラル聖マリア大聖堂の写真が浮かび上がったのです。

ト書き通りに、という要請に応えて、私の信頼する舞台美術と照明の皿田圭作氏は、十六世紀の西洋で出来た日本地図を使い、ト書き通りに二十六聖人の旅と共にその地点にあかりが灯る工夫をしてくださいました。前述の三少年以外にも、二十六聖人はもちろん、出演者は大勢います。——聖人でアリアを歌うのは少年たち（女性歌手）のほかに、聖職者の代表であるフランシスコ会修道院長ペトロ・バプチスタ神父、最後まで群集に語りかけた日本人イエズス会修道士パウロ三木、また苦悩しつつ神に息子をゆだねる決意をするトマスとルドビコの母親たち——他に、十三歳の息子に励まされたアントニオの両親、十九歳のイエズス会修道士ヨハネ五島とその両親（彼らは別れに来て、息子から大事なロザリオと母が縫った襟巻きを手渡されます）、また最初に捕らえられた二十四人を追って殉教志願をし、ついに役人もあきらめて参加させたフランシスコ吉、イエズス会のオルガンチノ神父の命により一行のために金品を携え手助けに来たまま殉教を志したペトロ助四郎。

それに、長崎で彼らを迎えて処刑する側の寺沢半三郎。彼はこの善良な人々を処刑するのが辛く、好意的に扱った上、一番幼いルドビコだけでも助けようと将来も面倒を見るからと棄教をすすめて断られています。道中付き添った役人たち。中には処刑に立ち会うのが辛いと、その前に逃げてしまう役人もいます。ポルトガル人や群衆（コーラス）。

殉教者にとっての加害者である秀吉は、意図的にカリカチュアライズ（戯画的に）して描かれ、スマートな脚本です。語り手役がルイス・フロイス神父。神父は長崎で「二十六聖人殉教記」を記し、殉教から五ケ月後に長崎で帰天したイエズス会の神父です。

二十六聖人の殉教へ向かう信仰の輝きは、人間の尊厳を高め、無秩序と混沌の現代にも救いの手をさしのべているように思われます。とりわけ、無邪気で可愛らしく、親孝行で、信念を持つ少年たちの姿は、現代に対する救いの手に見えます。その意味でもこの九月の名古屋公演オペラが成功してほしいと祈りつつ稽古しています。

＊　＊　＊　＊　＊

オペラ「二十六人の殉教」名古屋公演は、九月三十日の昼・夜二回、名古屋市芸術創造センターで上演。補助席、立見まで出る超満員の上、舞台も大成功でした。

演出をする立場としては、この春、帰天された脚本の田中澄江先生からの信頼に応えなければという、責任の重さを感じていました。同時に、亡き田中先生に守って頂いているとも感じていました。作曲の新垣壬敏氏は「今回は楽譜通りの初演と思っています」と、全面的に協力して下さり、有難いことでした。

有難いと言えば、美術・照明の方と、舞台監督は、私の信頼する方々に依頼でき、信頼に応えて頂きました。出演者は名古屋出身の方たち、東京芸大出身で、名古屋芸大教授の澤脇達晴氏が、語り手のルイス・フロイス神父役。氏の尽力とお人柄のお蔭で、素晴らしい歌手が集まりました――秀吉役に、氏の同窓の稲垣俊也氏（新国立劇場・開場記念公演「タケル」を主演）、長崎奉行代理の寺沢半三郎に滝沢博氏、少年殉教者たちの母親には夏目久子氏、出田光代氏を始めとするヴェテランから、音大の若手まで（少年役は女性歌手です）――

二十六聖人と、その家族と、役人たちを含めて、キャストが四十一人。一人ひとりへのメイクアップ指導で、私は腕と腰の筋肉痛になりました。加えてコーラス（群衆と村人役）が七十一人。指揮の黒岩英臣氏と副指揮の山田信芳氏、オーケストラが四十数人。

稽古場での人数の多いこと。演出に力の要ること。夏に私が上演した芝居が終わると、東京から毎週泊りがけで名古屋に通っての稽古。苦労も多かったけれど、楽しい時間でした。前半は南山大学の教会附属の部屋で、オーケストラとの稽古は、聖心布教会管区長の、牧野真神父様の教会附属の部屋で。夕食は、制作側が、教会の台所で、出演者百人以上分のおかずやお味噌汁を作り、長いテーブルでの、賑やかで家族的な食事でした。

上演の後、出演者の中に信者は少ないと聞くと、観客は驚きました。それほど出演者の純粋な迫力は観客の心を打ったのです。「一人ひとりが大事。皆に自分の役を愛して貰い、心で演じて貰う」という私のモットーに、名古屋の出演者は、実に素直に応えて下さいました。二十六人の道行きは、情景ごとに変化する絵のようでありたいし、音楽と共に心地良いリズムとテンポが必要、という私のうるさい注文にも。テーマと共に、情感を繊細に観客に伝え、観客をまきこんだ一体感は、稽古場で培われた結果でした。

このオペラは聖劇ですから、輝かしい昇天で幕を切る様式です。が、劇場の構造上、幕が無いので、長崎の有名な二十六聖人像（舟越保武作）の、写真パネルを、幕代りに降ろしました。かえってこれが効果的だったようです。カーテンコールの後半、オペラの中の明るい歌を（楽譜を配っておいて）、観客と共に歌う演出にしました。開幕前に、私が少し話をするように懇望され、演出家として話したことも、最後の（伝道者の）歌と、観客の心の中でつながった、と後で言われました。

観客の感動ぶりには、私も感激しました。田中澄江先生の令嬢と涙の握手。「この公演だけでは勿体ない。日本中と外国を廻って欲しい」と、口々に言われた、日本各地からいらした外国人神父様たち。長崎から団体で来た観客の感動も、嬉しい限りでした。「キリスト教のことは無知ですが、人間として感動しました」と言った、有難い観客たちも。……

「明日から私たちどうすれば良いんです?」と、打ち上げで、涙の別れの時に言う人もいた名古屋の出演者たち。彼らの謙虚(けんきょ)さ故に、品格のある舞台を創(つく)れたことに、その友情に、感謝しています。そして多くの苦労の時にも、神様と聖人たちのお恵みの微笑を感じたのです。

第四章　二〇〇一年

救われたい私たち

いつも思うのが聖書の「意味の深さ」です。折にふれ、啓蒙されることがあって読み直すと、いままで気付かなかった意味を新しく見出すのです。

「……そこへ律法学者たちやファリサイ派の人々が、姦通の現場で捕らえられた女を連れて来て、真ん中に立たせ、イエスに言った。『先生、この女は姦通をしているときに捕まりました。こういう女は石で打ち殺せとモーセは律法の中で命じています。ところであなたはどうお考えになりますか』。イエスを試して、訴える口実を得るために、こう言ったのである。イエスはかがみこみ、指で地面に何か書き始められた。しかし、彼らがしつこく問い続けるので、イエスは身を起こして言われた。『あなたたちの中で罪を犯したことのない者が、まず、この女に石を投げなさい』。そして、また、身をかがめて地面に書き続けられた。これを聞いた者は、年長者から始まって、一人また一人と、立ち去ってしまい、イエスひとりと、真ん中にいた女が残った。イエスは、身を起こして言われた。『婦人よ、あの人たちはどこにいるのか。だれもあなたを罪に定めなかったのか』。女が『主よ、だれも』と言うと、イエスは言われた。『わたしもあなたを罪に定めない。行きなさい。これからは、もう罪を犯してはならない』（ヨハネ8・3〜11）」。

――情景が目に見えるような描写です。長くなりましたが、あえて引用しました。

罪を犯した女への糾弾者たちが声高に言いつのるのへ、「かがみこみ、指で地面に何か書き始められた」イエスの姿は、何と美しい、そして失礼をかえりみず言うなら、いとしいことか。私はこの描写を読むたびに、イエス外伝に書かれた幼年時代のイエスの姿を思い出します。幼いイエスはナザレの裏街で、泥で小鳥をつくり、それに日光を塗りつけ、小鳥は生きてはばたいた、という話です。幼い日にかがみこんで泥から鳥をつくり、空へとはばたかせたイエスは、ここでは、かがみこんで地面に指で字を書きながら、神の御心をはばたかせたのですから。律法学者やファリサイ派の人々は、モーセの律法を盾にとって、イエスが説く神の愛の道との岐路に立たせ、イエスが石打ちに反対したら「律法に反する」と訴えることができる、と試したのです。しかしイエスの答えは彼らの思惑を超えました。「あなたたちの中で罪を犯したことのない者が、まず、この女に石を投げなさい」。そしてまた、たぶんつまらなそうに「身をかがめて地面に何か書き続けられた」のです。……

日本語で言う罪を、英語では人間社会の法律に触れる罪をクライム（crime）、神の前での罪（精神的・道徳的な罪）をシン（sin）、と言い分けています。もちろん二つの罪が重なる場合も多いのですが、相反する場合も生じて文学やドラマの材料になっています。イエスが口にしたのは当然シンの方で人間は誰もが持つ罪です。拡がった沈黙の中で人々が立ち去り、イエスと女だけがポツンと残される情景にも胸を打たれます。イエスが身を起こして「婦人よ」と呼びかけ「誰もあなたを罪に定めなかったのか」と問うと「主よ、だれも」と女は短く答えます。この描写は震えるほど感動的です。感動といえば、私たちはそれが大きい瞬間ほど声も言葉も出にくいものですが、この婦人の短い言葉は、彼女の感動と心の成長を示しているようです。恐らく彼女の目は、続くイエスの大きな愛の言葉に、涙が溢れたことでしょう。聖書のこの芸術を超える秀(すぐ)れた描写からは、素直な想像が生まれてきます。

イエスの温かい姿にじかに触れられる気がするこの部分を、私は聖書を開くと時々読み返します。最近は、私たちの生きている日本を考えて、読んで心配になってきました。一つは、イエスの言葉を「聞いた者は、年長者から始まって、一人また一人と立ち去って」行ったという部分です。年長者は長く生きただけ人生を知り、罪(シン)の多いことにもすぐに思い及んだ人たちでしょう。彼らが立ち去るのを見て、歳下の人たちもそれにならって反省し、全員が立ち去りました。

いまの日本では年長者(も色々でしょうが)が立ち去るのに歳下がならうだろうか、と気になったのです。年長者にはお年寄りもいたことでしょう。いまお年寄りと私たちが呼ぶのは七十歳以上のようですが、世間一般の風潮として人生の経験者にむける敬愛が薄れたように思えます。

お年寄りから「人生の経験や知恵」を学ぼうとするより「古い過去の人」と片付けたがる風潮です。そして恐いことに、順送りに、歳下は歳上を敬愛しない現象を生みました。

人生経験者への敬愛と知恵の継承なしには、毎日の生活や人生の知恵、文化、罪や悪とは何かを教える真理、そして愛など伝わるはずもなく、人間らしくない、野蛮な人たちがふえました。野蛮の一つに、歳上の人たちへの言葉づかいのひどさ、無礼さがあり、腹を立てた私は、子どもたち二人への躾に「長幼の序」も強調しました。その結果、娘は、地下鉄の駅でお年寄りに辛抱強く路線の説明をしたり、横断歩道でお年寄りの手をひいていた若者を、断固ボーイフレンドに選びました。息子にも似た所がありますが、娘が、若い年代の年長者たちへの非礼にしょっ中憤慨しているお蔭で、私は気分的に楽になったくらいです。

二つ目の心配は「あなたたちの中で罪を犯したことのない者が、まず、この女に石を投げなさい」とイエスが言われた後、誰もいなくなったと聖書が伝えた部分に関してです。聖書に著された人々は少なくとも「恥を知る」人々でした。彼らの理性にイエスの声は届き、彼らも反省して、わが身同様の人を打ち殺すというもっと恐ろしい罪から救われたのです。しかしいまの日本には「恥を知る」意識も薄れてはいないでしょうか。日本ではいつの頃からか「欲望こそが正義」になり「ウルサイ方が勝ち」の世の中になりました。平然と感情的に他人を「断罪」して反省もなし、理性もなし、の姿勢がメディアでも目立ちます。そうした姿勢の人々はイエスの言葉をきいて「恥を知る」のでなく「皆で投げれば恐くない」と、彼らが実は内心で「運が悪いのさ」と思っている相手に石を投げるでしょう。日本でイジメが大流行なのはその姿勢からです。大人の世界でやっているのですから子どもの間でなくなるはずはありません。

——あの美しいイエスの姿は、いま私たちに強い反省を促しているように思えます。新しい世紀に私たちは救われるのでしょうか。救われたい、と思います。

注　今回の聖書引用は『新共同訳聖書』（日本聖書協会刊）を使用いたしました。

生きる底力

「伝えられるニューズは救われない事件ばかりだし、日本も、世界も、どんどん悪くなって行くみたい。私たちの——特に子どもたちの将来はどうなるのかしら」。六年前（一九九五年）に亡くなった九歳上の兄（村松剛）に、兄が病に倒れる前に尋ねた時、こんな返事がかえってきました。

「歴史には政変や大事件しか書かれないけれど、その間も市民は連綿と生きのびてきたんだよ。むしろ、市民の底力が人類の歴史を支えてきたとも言えるんだ。最近それを強く思うようになったよ」

兄は仏文学者で文芸評論家でしたが、次第に時事評論家としても世界の政治に精通するようになり、それで私は質問したわけです。世界の指導者との間に交流を持つこともあり、大事件を現地にまで追うことも多かった兄が、「市民の底力」と言い出したので、私はびっくり仰天。忘れられない言葉となりました。さらに驚いたことに、兄はその後、青年海外協力隊の、ロシア行きのリーダーとして、ウラジオストックからさらに北の地域に援助物資を届けに行きました。

後できいて、一番印象に残ったのは、貧しい独り暮らしのお婆さんに毛布と食料を届けに行った時の話です。『スパシーボ（ありがとう）』と何度も言いながら、目に涙を溜（た）めて十字をきるんだ」。兄も思わず同じに（ギリシャ正教の）十字をきって※、お婆さんと固く抱き合ったそうです。そう話しながらも兄は改めて目をうるませました。食べ物が無くて、じゃがいもの皮まで食べていたお婆さん。届けた「新しい毛布は高価すぎて買い手がいないので、少し使って中古にしてから売れば、そのお金で養老院に入れる」と喜んだお婆さん。ほとんど何も無い部屋の壁には、十字架と、レーニンの肖像画がかかっていたそうです。

「ソヴィエト連邦はなくなって、もうモスクワのレーニン像は打ちこわされたのに？」と私がきくと、「彼女は人に飾れと言われたからそうしたまでだったのだろう。レーニンが誰だか知っていたかどうかもわからない」と兄は微笑みました。「十字架しか大事ではなかったろう。それをはずせと言われた時期もあったかもしれない」と。あるいは僻地の貧しいお婆さんの部屋など、官憲も関心がなくて無事だったのかもしれませんが。お婆さんはどんな人生を送ってきたのでしょう。恐らく今までの生涯は貧しく、苦労の連続だったろうことは察せられます。そして晩年は何故か独りぼっち。まるでトルストイの小説で読んだ農奴のような生活。「帝政であろうが、革命政府だろうが、ペレストロイカ後だろうが、農奴のような人たちはいつも同じ生活をしているのねえ」。私は何ともいえない気持ちになって黙りこみました。でも彼女には神様がいらっしゃるのです。彼女の一生を通じて、苦しみ悲しみを支え、喜びの源であった神様が。養老院入りの希望を彼女に与えた、日本からの使者の兄が、思わずつられて馴れない（しかもギリシャ正教の）十字をきって共に讃えた神様が。

　彼女のような人を、単純に不幸と決めつけられるのでしょうか。貧しさの悲惨は不健康の悲惨に似て、不幸の一つには違いないけれど、彼女の心は、お金や権力があっても空虚な心の人々とは違う、恩寵に満たされているようです。援助に行った兄が逆に、彼女に大きな力を与えられたのだと、私は話をきいていて感じました。兄はそれから数ケ月後、咽頭癌と診断され、翌年に亡くなりました。

「連綿と続いた市民の生活。市民の底力が人間の歴史を支えてきた」という兄の言葉を、私はそれからもたびたび思い出します。思い出すと、心が温められるのです。神様は私たち一人ひとりに――あのお婆さんにも、これを読んで下さるあなたにも、私にも――同じに大事な役割を与えて下さった、と改めて感じられるからです。

　母親になってからの私は、子どもたちが赤ちゃんや幼な子だった時期に「人生で一番贅沢な時間」を生きている実感がありました。朝起きてから夜眠るまで（眠りの時さえ）私が授かり預かった新しい人格と共にすごすのは、すばらしく幸せに、新しく人生を生き直しているという実感でした。幼な子は、太陽を、雲を、風を、樹や草花を、人や生き物を、日没を、星や月を、食べ物や飲み物を、物語を、音楽を、絵を、人との触れあいの中でわかりやすく教える言葉づかいや、善悪や、ルールや、礼儀の躾さえも、楽しむ能力に溢れていますから。人生のすべてが新しい発見で、神様に素直な幼な子たちと、毎日を丁寧に暮らすこと。これほど充実した、贅沢な時間があるだろうか、と目を見張るような毎日でした。

「家事とは文化である」と母はよく私に言いました。「言葉づかいや礼儀が、文化であると同様に」と。材料を生かして手をかけて作る料理も、折々に変化を工夫して整える家の中も、衛生・清潔のための掃除も、手洗い重視の洗濯の仕方やアイロンも。結婚以来、その教えをできるだけ守ろうとし、ヨーロッパの友人たちが母と同じ考えで誇りを持って家事を大事にしていることを知って、その努力と工夫に啓蒙もされました。日々にそれを、深々と感じる手触りは、母親になって強まったように思うのです。主人は、私の料理や、家の中の整え方をいつも喜んでくれたので、私も大いに張り切れました。子どもたちが生まれてからそれに加わった思い。それは例えば、コップ一つを洗う小さな行為にも、愛情という意味を見出すようになったことでしょうか。「どんな行動にも意味がある。人生とはそれの積み重ねである」という事実を、子どもたちを通して実感するようになったということでしょうか。この思いは仕事にも影響しています。舞台や時折のテレビ、講義や講演、執筆などがいま主に与えられる仕事ですが、ムキになって仕事に向かう姿勢は本質的に若い頃と変わりません。ただ心の中では仕事一つひとつに意味を意識しての感謝が深まってきたようです。

聖書を開くと不思議に次のような頁がすぐ目にとまりました。パウロの信者たちへの励ましの一つです。

「むなしい言葉に惑わされてはいけません。……あなたがたは……今は主に結ばれた光となっています。『光の子』として生活しなさい。……自分たちがどのように生活しているか、よく気を付けて見直しなさい。知恵の足りない者のようにではなく、知恵ある者のように、与えられた時を活用しなさい。時代が悪いからです。したがって、分別を忘れず、主の御意志がどこにあるかを悟りなさい」（エフェソ人への手紙5・8～9　15～18）

あのお婆さんのような人は、この手紙の示す原点にいる人でしょう。その謙虚な底力には懐かしささえ覚え、力付けられます。信仰を持たなかった兄も力付けられたように。

※ローマン・カトリックでは「父と子と」と縦に、「聖霊とのみ名において」と左から右に、十字を切ります。
ギリシャ聖教は右から左へ切ります。

余裕

昨年（二〇〇〇年）暮れに、一年分の過労が出たせいか、注意力が散漫になってわが家の椅子の背に胸を強打。肋骨を折りました。年が明けて肋骨が回復してきたところで、歩道の無い細い路上で転倒。右折ウィンカーを急に直進に切りかえた車に出くわし、その後ろからオートバイが飛び出してきたためです。外科の先生に褒められたように、咄嗟に頭と肋骨と背骨をかばって、左手で地面を叩き、柔道の受身に似た体勢で倒れたため、大事には到りませんでした。でも全身強打でしたから、寝返りもうてないほどの痛みに見舞われました。特に左手の痛かったこと。幸い一月中は仕事が少なくて済み、いくつかの地方での講演、舞台での朗読、テレビのナレーション、新しく書く本の打ち合わせなど、すべて二月の予定でした。それまでは「神様から頂いた休暇」だと休むことにしました。私の持つ文化講座の生徒さんたちが開いてくれた新年会以外、他のパーティや理事会など公の会合には不義理をしたのです。

左手が使えるまでは家政婦さんに来て貰いました。十六年間のつきあいで家族同様の人です。(十四年前の私の主人の病没後は、少しでも私の金銭的負担を減らそうと私の知らないうちに、家政婦会を辞めてくれていました) 彼女が七十三歳をすぎた二年前からは必要な時だけ頼むようになりました。一週間で何とか左手が動くようになると、気をつければ料理ができ、洗濯・掃除も少しずつできるので家政婦さんを解放。私は家事と回復に専念。左手は本当に大事だと痛感しました。「貴女を救った『左手』をいたわって上げて下さいよ」と言った男の友人に、思わず「有難うって『左手』が喜んでいます」と答えながら、感激したものです。

痛みを忘れるためと、リハビリのためにも良いと、ずっと編物をしました。前からとりかかっていた息子のカーディガンを完成。羨ましがった娘の毛糸の帽子、それを羨ましがった息子の帽子、さらに、息子の長い二色襟巻きを完成しました。――左手の痛みが去るまでの二週間余りの間にしては沢山できたとホクホクして、さらに娘と息子からの、それぞれのカーディガンの注文を抱え込みました。でも「休暇」が終わって、また忙しい日々が始まってきたので、編物のペースは落ちてきていますが。

「休暇中」の外出は、主に病院通いでした。外出のついでに病院近くのデパートの食品売場に寄ったり、毛糸やボタンを買い足したりしました。いつもの私は一緒の人に驚かれるほど、足早に歩くようです（子どもたちが小さかった頃は相当意識して彼らのペースにあわせたものです）。が、身体中に痛みが残り、ことに足指が痛かったので、私としてはゆっくり、人並みのペースで街中を歩きました。すると、街中での、色々な人の声がきこえてきて、楽しい思いをしました。

例えば。――映画館が三つぐらい入っているビルの前で、看板を見比べながら話しあっている老齢の紳士とつれ添う青年。たぶん、祖父と映画を観に来たらしい青年が「この映画はね、恐いんだって。大丈夫？　すごおく恐いんだって」と一所懸命説明していました。祖父が興味を示した映画を観せて、血圧が上がったり心臓に悪かったりしたら大変だという孫心でしょう。通りすぎたので結論はわかりませんでしたが、微笑ましい光景でした。私の歩く背後から、学生らしい青年二人の会話がきこえました。「腹減ったなあ」「うん。でも金無いからなあ」「俺の叔父貴んちへ行かないか。近いし。良い人でさ、いつ行っても喜んで御馳走してくれるからさ」「でも突然で良いのか？」「大丈夫だよ。忙しいと冷蔵庫をあけて勝手に食えって言うから。いつも一杯になってるんだ。この間はキャヴィアが入ってて、食べて良いって言われてさ、美味かったぜ」「そうか。本当に良いんなら……」。それで二人は急に元気付いて、駅の方へ青信号を渡って行きました。可愛い若者たちでした。

デパートの食品売場の、お菓子の名店がずらりと並ぶあたりで、老齢の御夫婦の会話を耳にしました。「ねえ、あなた。お菓子を買って帰りません?」「ああ、そうだね。良い考えだ。そうしよう」「何が良いかしら。やっぱり和菓子よねえ」「そうだなあ。きょうは時間があるから、ゆっくりお選びよ」。失礼にあたるといけないので、じっと見ることはしませんでしたが、品の良い老夫婦の姿と会話を懐かしく感じました。昔の小津安二郎監督の映画の一シーンのような。佐分利信や笠智衆演ずるような御主人と、東山千栄子や三宅邦子演ずるような奥様と。

足が痛くてゆっくりしか歩けないお蔭で、街の中でのほのぼのした会話にめぐりあえて良い気分でした。祖父と孫、友人同士、叔父と甥、老夫婦——仲の良い、信頼しあった関わりからにじみ出てくる会話でしたから。世の中、捨てたものじゃない、と心慰められたのです。

ニューズでは、家庭の崩壊や、愛も信頼も失われての悲惨、残虐行為、乳幼児いじめなど、絶望的な風潮ばかりが目立ちます。それだけに、地道に育まれてきた家族愛や友情の断片を見るとホッとします。この方がサイレント・マジョリティ(静かな絶対多数)だと良いのに、と思います。残念ながら、家庭崩壊の問題は数の上でも深刻で、健全な方がマジョリティ(大多数)とは言い切れない不幸が、いまの日本をおおっているようですが。

「休暇中」は編物をしながらテレビも観ました。印象に残った番組の一つにNHKの「にんげんの「ドキュメント」の「四万十川の仙人」があります。高知県の四万十川のほとりに住む八十三歳の老人の話。六人の子どもを独立させた後、川の鮎漁と山の猪猟を続けながら二歳下の奥さんと仙人のような暮らしを続けている老人の話です。奥さんの畑仕事を手伝っている時「一緒で楽しいでしょう?」と取材の人に言われて、結婚して五十八年になる老人は赧くなりました。「はずかしいで」。そして奥さんのことを「折角貰た婆じゃけん、大事にしないといけん」。綺麗な老婦人の奥さんは「有難いことよね」。猪猟の後は「山の神」に感謝。その肉を街で売って、内側に毛のついた滑りにくい靴を奥さんの誕生日にプレゼントしました。奥さんはそれをはいてみて「最高。温い。靴下をはかんでもええくらい。もう、嬉しい」と縁側に腰かけたまま少女のように足をブラブラさせ、仲良く並んだ老夫婦の後ろ姿をカメラは美しく捉えました。人間て、夫婦って良いなあ、とそのすばらしさの原点を教えられる情景でした。

私の「休暇」は、痛かったかわりに心豊かでした。神様に感謝しつつ、常に心身の余裕の必要を痛感しています。

マリア様と父

「マリアさまの心　それは青空
　私たちを包む　広い青空……」

娘が幼かった頃、お世話になったカトリックの幼稚園（四谷雙葉）の教室から毎日きこえてきた歌声が忘れられません。身体中で一所懸命、聖歌を歌う子どもたちの声に、マリア様もきっと微笑まれていたことでしょう。

「マリア様に祈っているよ」と衰弱した晩年の父は、幼い孫娘をいとおしそうに見ながら言ったものです。父がカトリックの洗礼を受けたのは私の娘が生まれた時でした。精神神経科の医者で学者だった父は、一高時代から禅を学び、医学部に進んでからは、精神神経科の治療の「心の解放」に禅が役立つと、東大卒業後に学んだハーヴァード大学でも友人たちに影響を与えたようです。後年、イエールなど、アメリカ各地の大学教授になった父のハーヴァード時代の友人たちが、来日するたびにわが家を訪れたものですが、その折々の会話に出た「禅」が、少女時代の私の印象に残っています。「禅寺で座禅を組んできた」とか「これから禅寺へ行く」と、アメリカ人の教授たちが嬉しそうに父に報告していましたから。

父が「心の解放」を「インナー・フリーダム（内的な、心の自由）」という英語で私に説明してくれ、その重要さを教えるようになったのは、私が人生について悩みをもつようになった十代の頃からです。それで、その考えと禅との結びつきが察しられたのでした。父は腸癌の手術を二度受けています。一度目は名古屋大学医学部の教授時代。早期発見でしたが、何ケ所も切る大手術（つき添った精神科の婦長が卒倒したほどで、大きな人でしたから大変だったとか）で、傷口がベッドに触れないように中吊りに寝かされていました。手術室に入るまで、オロオロする家族を「慰め励ました」のは父でした。術後はどんなに辛かったかと思いますが、父は一度も愚痴を言わずに耐えました。でもベッドサイドに禅の本が置いてあるのを見て、私は父の苦痛の激しさがわかり、胸をつかれる思いでした。（父は当時五十代で、回復後も医学部長を続けるよう頼まれ、WHOの代表委員で国際会議に出たり等々の、心配なほどの忙しさに戻りました）。

娘が生まれたのは、父が七十七歳の時です。数年前には新しくできた腸癌の手術を受け、次いで白内障の手術後は心筋梗塞の不安を抱えていました。——色々な職務を退き、（自宅での）大学院生への講義と、本の執筆などを続けていた頃だったと思います。父は死の前日まで請われた仕事をしていましたから。——ステッキを片手に、病院まで生まれたばかりの娘に会いに来た父の頰に、涙が光りました。「英子が二人になったな」（それほど娘は誕生時の私に似ていたようです）。そして呟きました。「生命とはまるで奇蹟だ。何という神の恩寵だろう。」

禅とは自他を救う哲学だけれど、年老いて衰弱した自分が、英子と孫娘にしてやれることは祈ることしかない――「祈りたい。相手のために祈るカトリックの受洗をしたい」と父が言ったのは、その後まもなくのことでした。祈りは愛。愛は行動。――そう教わった私は、父の「愛の行動」が身にしみました。私は以前から受洗の希望を家族に伝えていて、諾意を得ていたのですが、父の決心は望外の贈りものでした。喜んで下さった兄の親友の遠藤周作氏が※代父で（三浦朱門氏は代伯父だと言って下さり）父と母、娘を抱いた私が一緒に洗礼を受けた日、私は今までにない「心の解放」を感じました。「インナー・フリーダム」の意味に触れた気がしたものです。

司式は、当時関口教会の主任司祭でお世話になった森一弘司教様と私共家族の古い友人でもあった上智のロゲンドルフ神父様。四年後の息子の誕生後の洗礼式でも同様の喜びが再現されました。でも父だけが居ませんでした。父は、私に息子の妊娠がわかった日（知らせる機会のないまま）入れかわるように亡くなりましたから。息子が「お祖父ちゃまの生まれかわり」と言われ続けた由縁です。父の仁徳や勤勉ぶりをきかされてきた息子は「プレッシャーだぞ」と言い、「よく似たところがあるけれど、きみはきみだ――生命の継続ということなのよ」と私は言いました。

娘を妊娠中の私に、父は「母親学」を教えました。娘の誕生後は毎日、杖を片手に父の家からバスで一停留所の距離にある私の家まで来てくれ、嬉しそうに娘を眺めたり抱いたりしながら色々教えてくれたものです。兄と私の乳幼児期に父がつけていた成長日記（医者らしい専門的な書き方のもの）をくれたのも、この頃です。心臓疾患で父が外出できなくなってからは、娘と共にこちらが出向きました。娘が満四歳になる直前に父が亡くなるまで、私は子どもの日常の些末なことから後々の心の成長までに添う「母親学」を教わりました。その教えに支えられて私は子どもたち二人を育ててきたことになります。

「慈母たれ、賢母たれ」と父は私に言いました。「子どもの成長はまるで奇蹟だ。頼むから親のちっぽけなエゴイズムで、成長の足を引っ張らないでやっておくれ。暖かい深い愛情と賢い知恵とで成長を助けてやっておくれ。おおらかに、おおらかに」と。たびたび言われたので私の耳にはいつも、この父の声が鳴っているようです。この言葉をうりての具体的な教えの数々はここに書ききれませんが、父亡き後も、何かにつけて教わったことで救われました。父の周到さに感謝しています。ただし、私は父の不肖の娘ですから、慈母、賢母には自信がありません。ただ、父を喪ってから改めて痛感したことがあります。——母親は、子どもを産んだから母親なのではなくて、「子どもを手塩にかけて本当に慈しみ、謙虚に賢い母になろうと育ててゆくうちに、本当の母親になっていってゆくもの」という真理を、父は私に体得させたかったのだ、と。そして「マリア様に祈る」とくり返した時の父の心には、私が慢心せずに本当の愛情に満ちた良き母親に向かうようにとの願いがあったのだ、と。

娘が十一歳、息子が七歳の時のこと。フランスのシャルトルのノートルダム大聖堂で、沢山のマリア像の一つの前で子どもたちが立ちつくしました。「お母ちゃまに似ていらっしゃる」。昔風に言えば「罰当たりな」言葉です。でも一方で、大好きなマリア様の中に母の面影を探す子どもたちの心がいじらしくて愛（いとお）しくて、私は涙が出そうでした。許しを乞いながら見上げたマリア様は、そんな私たちに優しく微笑んで下さっていました。

いつものようにその時も、お祈りの後で私は天国にいるはずの父に語りかけました。「マリア様の御加護を祈ってくださいね」。お祈りと共に語りかけはいまも続いています。

※洗礼を受ける人の教会への保証人。代父（ゴッド・ファーザー）と代母（ゴッド・マザー）が立つ。

天国に入れる者は

乳幼児に対する虐待（ぎゃくたい）殺人が毎日のようにニューズで知らされ、きくのも辛くなります。犯人

（加害者）はいつも親か義理の親。先日は三歳のいたいけな坊やを日常的に散々虐待し、ついに殺した事件の犯人が、義理の親に加えて、祖父母、曾祖父母でした。

「ああいうことをする人たちで地獄が賑わうのね」と私は怒りと悲しみで取り乱して叫びました。憤慨した二十三歳の娘も言いました。「ああいうことをする人をユデなくちゃ、閻魔様は釜ユデにする人、いやしないわ」。

娘はカトリック信者なのに、ダンテの神曲の地獄篇よりも、仏教の説く地獄をすぐ想像したのが面白いことでした。娘と息子が幼い頃、私が高野山で泊まりがけの講演をお頼まれした折に「御家族でどうぞ」と招かれました。その時、お坊様の案内で見せて頂いた美術の中に、見事な「地獄絵図」がありました。娘にはそれが恐くて印象的だったそうです。いま現実に、罪もない赤ちゃんや幼児の日常には「生き地獄」が多いのです。親の愛を全身全霊で求め、大人に頼るしか生きられない乳幼児を虐待するのは、人間の行為とは思えません。しかもわが子に「生き地獄」を与える親とは、どんな親に育てられたのか。たいていは乳幼児期に親に虐待されていると言います。まるでその証明のように、前述の事件の犯人として祖父母、曾祖父母も出てきました。それなら曾曾父母も「虐待する親」だったのでしょうか。ここまで辿れる家は少ないとしても、かつて「子どもの大国。大人たちに愛されて礼儀正しい良い子が育つ国」と西洋人を感嘆させた日本はどうなったのでしょう。

「可哀相な子ども」を私もゆきずりに何度か見た経験があります。その一つ。娘が二、三歳のある時、近くの公園で娘と同年齢の見知らぬ男の子が一緒に砂遊びを始めました。馴れると彼は、小さな手に握った砂をゆっくりサラサラと娘の肩にふりかけました。私にはそれが、幼い男の子特有の「照れた親愛表現の一つ」に見えて、注意しようと思いつつ微笑んでしまいました。娘は最初驚いて私の顔を見たけれど、私がニコニコしているので安心して「お砂はかけないでね。ここに入れてね」と小さな容器に入れさせました。彼は素直に従いました。すると「何てことしたの！　謝りなさいっ！」という大声と共に、母親がとんできました。「ゴメンナチャイ」「ダメッ！　手をついて謝るのよ！」、彼は娘に土下座して謝りました。娘はその母親の権幕に脅えて、私のそばに走ってきました。楽しい遊びも友情もお終い。母親はそれには気付かず「厳しく躾けてますの。彼、努力家ですのよ。階段の上り下りが遅いってひどく叱ったら、明け方にこっそり起きて独りで階段でお稽古してるんですからね。それからね……」と、自らの恐ろしい支配力を自慢する姿は、二、三歳児と共にいる母親らしくない念入りにお化粧したハイヒール姿でした。

私は当時まだ存命だった父に、この話をしました。きいていた父の目には涙が溢れました。「可哀相になあ。その子の心はズタズタだよ。放っておけば問題が起こるが、いまなら間に合う。その母親に会えないかしらん？」どこの誰とも知らない人、という私の答えに父は黙りこみました。精神神経科の医学者で「心の問題」の専門家だった父は「可哀相な」子どもの話には特に涙もろくなっていました。父は心筋梗塞で娘が四歳になる直前に亡くなったけれど、いま生きていて毎日のニューズを見たら毎日心臓発作を起こすことでしょう。

イエズス様は「幼い小さい者」を特に心にかけておいでです。「……一人の幼な子の手を取り、自分のそばに立たせ、弟子たちに仰せになった。『わたしの名のゆえに、この幼な子を受け入れる者は、わたしを受け入れる者である』。」(ルカ9・46〜48　マタイ18・1〜5　マルコ9・33〜37) 幼な子を受け入れる者はイエズスを、そして神を受け入れる者であって、天国は幼な子のような人たちのもの、と言っておいでです。「幼い小さい者」への私たちの対しかたは、「イエズス様」に対するのも同じ――逆にいえば、乳幼児への虐待殺人は、イエズス様に対してするのと同じ、ということになります。マザー・テレサは、飢えや渇き、病気に苦しむ人、打ち棄(す)てられた乳幼児一人ひとりの中にイエズス様を見てお世話「させて頂いている」と言っておいでした。

娘が十一歳、息子が七歳の時に、(仕事のご褒美で) 私共が教皇ヨハネス・パウロス二世に個人謁見(えっけん)の栄誉を賜った時のことは忘れられません。個人謁見の前に、パウロス六世ホールで世界中から集まった約二万人の信者の式典にも出ました。各国の信者グループはそれぞれの国の聖歌を捧げ、教皇様は各国語で祝福の言葉をのべられました。最後に教皇様は壇上から降りて、皆の間を廻られました。二時間かかった式典の間、私共が頂いた一番前の、横の特別席で、子どもたち二人は背筋をのばして微動だにしませんでした（熱心でお行儀が良かったせいか「可愛い」と、二人の姿がヴァチカン新聞に大きく出ました）。教皇様にはひどくお疲れの御様子が垣間見えて私たちは心配しました。「スペインから昨日お帰りになったばかりですので」と、式典の後、個人謁見のための別室に案内して下さったイタリア人の枢機卿様が説明なさいました。

謁見の小部屋に入って来られた教皇様は、子どもたち二人の姿を認めると目を輝かせて微笑み、急に元気になられたように見えました。私を含めて数人いた大人たちと温かく握手しながら言葉を交わして下さった教皇様は、子どもたちを抱擁して接吻して下さいました。――うっとりした子どもたちは後で「顔を洗わない。お風呂にも入らない」と言いました。その晩はその通りにして、その後は「そうして頂いた体験が貴重なの」と納得して貰いましたが――。子どもたちはお小遣いをはたいて日本で選んだ贈物を、教皇様に差し出しました。娘は「お疲れとりに猫の手の電動肩叩き」。息子は「手のひらを歩く電動のヒヨコ」。どちらも日本製です。私の（英語の）説明をききながら手にとって、心から喜んで下さった教皇様を見て、子どもたちは幸せでした。「一緒に写真をとりましょうね」と教皇様。

翌日、私共のホテルに教皇様からのお使いがおいでででした。昨日の小さな贈物へのお礼状と子どもたちそれぞれにケース入りの大きなメダル。細やかなお心遣いに感激しました。

イエズス様のお言葉通りに、私たちにはもちろん、子どもたちに「天国」を与えて下さる教皇様。そしてマザー・テレサのような方々。こうしたお手本のお蔭で、私たちは恐ろしいこの世でいまも勇気が持てるのです。

黙想と只管打坐

「じっと無心に耳を傾けていますとね、様々な自然の声がきこえてきます。それは賑やかなほどですよ。寺の柱などもね、沢山語りかけてくるんです」

四年前（一九九七年）だったと思いますが、曹洞宗大本山「永平寺」貫首の宮崎奕保禅師と誌上の対談をした時の言葉です。

一九〇一年生まれときく禅師は当時九十六歳のはずでしたが、たいそうお元気で、海外への旅行の後でした。――八十一歳で亡くなった私の父が一九〇〇年生まれでしたから、一歳年下になります。そんなお齢の大宗教家が温かく「やあ、貴女のような別嬪さんとお話しするのは楽しいですな」とユーモラスにくつろがせて下さったので、私は一遍に緊張がほぐれて楽しい対談になりました。禅師のお話によると禅宗の「臨済宗と曹洞宗とは、究極に到ったならば同じです。同じところから出てきているんだから。けれども方便として宗派が分かれているんです」ということでした。臨済宗は公案禅で、一つの問題を設けて、その解決を重ねていくという行き方。永平寺を大本山とする曹洞宗は「只管打坐」といって、ただ坐禅を組んで坐る行き方である、と。

「只管打坐」とは、カトリックの「黙想」にも通じるところがあるかもしれない、と私は身を入れて伺いました。近年、神父様やシスターたちも禅寺を訪問して坐禅を組むことがあるときいていたからです。坐禅は「正身端坐」――身体を真っ直ぐに足を組み手を組んで心を調える――を行うことだと禅師は言われました。そうして「身（身体）、口、意（心）」の三業を一つにするのが「只管打坐」。それによって絶対の相、つまり天地いっぱいになる。仏さまの世界の真っ只中にいる、ということになるそうです。

「仏法では、灯籠も柱も、しゃべり続けにしゃべっているから、しばらく耳をふさいでくれという言葉さえある。そういう耳を持ち、そういう目を養う」ということのようです。よほどの修行が必要なのでしょう。「この柱もね、良うしゃべりますよ」と、近くの大きな柱を見ながら禅師はこともなげに言われましたが。

木や石や草などの、私たちがふだん「ものなど言うはずがない」と決めている存在が大変なおしゃべりとは、私には実に新鮮なショックでした。それを知る耳や目を養う、いわゆる無念無想の修行に、私もすぐに坐禅を組みたい気持ちになったほどです。無念無想の「無念」とは、「ちょうど鏡みたいなもので、鏡には念（煩悩）がないから、映ったら映ったまま」。しかし人間の心の鏡には、映って綺麗ならばいつまでもとどめておきたい、嫌なものは早く去ればいいという念、つまり煩悩がべたべたとつくので鏡が汚れて、その後から来るものの正しい姿が映らない――鏡はいつも綺麗にして、前に映ったものの跡形がなくなるようにしなければならず、それが「無念」である、と禅師はわかりやすく説明して下さいました。ひらたくいえば「心の汚れをとる」とも言えるのでしょう。時々ひとが「精神的に疲れ切ったので、禅寺に坐禅を組みに行ってきた」と言うのをきいたり読んだりしたことがあります。なるほど「心の清浄化」をして、明晰に理性的にものを見られるようにしようという努力だったのだなと、よくわかりました。

また、精神神経科の医学者だった父が、旧制の一高時代から禅を学んで専門の「心の問題」治療にとり入れたこと、私が人生について悩み始めた少女期に「インナー・フリーダム（心の中の自由）」が大事だとくり返してくれたことが、身近に思い出されました。心の中に大きな自由を得る手段を、時間や空間を超えた巨大なスケールで禅は教えます。

例えば「無念ということは言いかえたら、一息ということかな」と禅師。一息は（時間的に）一点でしかないが、人間の命や時間も一点といえる。何故なら一点の連続で五十年生きた線ができても、それすら一点でしかないから、という考え方だそうです。また「原因と結果とは違うように思われているけれども、因果は一如（一つ）」。したがって「生も死も一如」と禅師。「絶対というものを究明するのには、いわゆる刹那の一点をいつも続けることなんです」「『只管打坐』ということは、口と心と身体が一つになるんだから、絶対の相、天地いっぱいになったという意味なんだね」などの言葉が、たいそう印象的でした。「初めであり、終わりである」（黙示録22・13参照）ほか、聖書の言葉の数々も思い出されたのです。

禅師に会う前に私は、高野山の僧侶から、教皇ヨハネス・パウロス二世の謙虚さへの感動をきかされていました。高野山の高僧がヴァチカンを訪問して教皇様と食事を共にした時、「食べ物の命を頂く」という姿勢の高僧に、教皇様が言われたそうです。「仏教では人間と自然とは別種のものではなく、人間も自然の一部と見て、同時に仏性を見ることを大事にするのですね。その考え方を教えて頂きたい」と。感激して会話がはずんだ高僧が、帰国して皆にそのことを伝えたそうです。

このエピソードを禅師に話すと、師はニコニコと嬉しそうに「万物は一体だから」と言われました。その温かい響きにも私はほのぼのとしました。いま、不安で可哀相な若い人たちを励ます言葉を頂きたい、とお願いした私へのお返事を、ここに引用させて頂くことにします。

「やっぱり教育ですね。日本の教育にはいま、欠陥がある。自分の命を大事にしなければいけません。みんなこの頃私ごとが主になっています。立派な命を授かったのだから、それを有意義に使うために公の心を養わなければいけません。

この頃はおごっています。自分以外を考えない世の中、いわゆる極端な個人主義になっていますね。だから尊い神さまや仏さまの命をあずかってきたという教育をしなければいけません。自分勝手にわがままな生活で一生を過ごしてはもったいないというような教育の方法をしなければね。

あなたはいいお父さんを持っていますよ。だからこんなにしっかりした人ができるんだ」未熟な私まで褒めて頂いて恐縮でしたが、「神さまや仏さま」という表現をいとも自然になさった禅師のおおらかさに嬉しくなりました。「偉大な宗教家にはおおらかさと偉大な謙虚さという共通点がある」と、子どものように感動しながら、私は永平寺の山を下ったのでした。

ノートルダム

パリには何度か行ったけれど、一番印象的だった訪問は一九八九年です。着いた日が、八月十五日。聖母被昇天の祝日（この日が日本の終戦記念日ということに運命を感じます）。この時は子どもたち二人も一緒で、娘は十一歳、息子は七歳。皆でノートルダム大聖堂にお祈りに行き、外に出ると驚きの余り立ちつくしました。物凄い人数の大デモ行進が、ノートルダムに向かってくるではありませんか。デモは聖堂前広場を終点にしているようで、私たちは急いでそこを離れました。大デモは人数こそ多かったけれど、実に静かなデモでした。声一つ立てずに、静かに歩くのです。プラカードだけが抗議内容を伝えていました。内容は「フランス革命反対！」――「暴力革命」「流血革命」に「反対する」というものもありました。

一九八九年は、フランス革命の二百年記念にあたっていました。共和制誕生の二百年祭ということでもあり、パリでの祝賀行事に向けてミッテラン内閣は「パリのお洒落」をしたところでした。エッフェル塔やアレキサンドル三世橋の飾りつけやアンヴァリッドの張り替えから、ジタン（俗にジプシーと呼ばれるスリたち）の追い出しに到るまで。街には警官が多く、幼い子どもをつれた私にはたいそう安全なパリで、有難かったのです。

そんな状況の中で「フランス革命反対！」のあの大デモ行進は行われました。神父様を始め聖職者たちも混じり、パリジャン以外に一目で外国人とわかる人たちも参加していました。「教条主義の神父たちも入っていますね」と同行の大司教様が教えて下さいました。フランス革命は、カトリック教会をも封建制の象徴として敵視。パリでもシャルトルでも他の地域でも、ノートルダムを始め教会は被害にあい、美しいステンドグラスは打ち毀されました。御ミサは禁じられ、パリのノートルダム大聖堂は革命派の集会所となり、市場や娼婦まで入りこむ場所となったのです。イエズス様が教会を聖なる場所として俗なるものを排したと聖書が伝えたこと（マタイ21・12〜13 マルコ、ルカ、ヨハネ参照）と、まさに正反対のことを、革命派はしたわけです。加えて、ルイ十六世と妃マリイ・アントワネットと子どもたちの殺戮を始めとしての、限りなく続いた殺戮——革命派のうちでも穏健派のジロンド党に属したロラン夫人は暴力革命に反対して法の尊厳を唱え、暴力派ジャコバン党のロベスピエールと対立。ついにギロチンにかけられますが、その時の有名な言葉が残っています。「おお自由よ。汝の名のもとに、いかに多くの罪が犯されることか」——死刑を効率よくするために断頭のギロチーヌを考えたギロチン氏も、結局その刑に処せられるという皮肉な事実があったほど、滅茶苦茶な殺戮の歴史でした。

このフランス革命の暴力と流血が「祖国と信仰を破壊した」上に、「後の世界の革命に悪影響を与えた」というのが、「革命反対」デモの主張でした。後のロシア革命も、中国の革命も、紅衛兵事件も、カンボジアのポル・ポト革命も、流血の諸悪の根源は「フランス革命にある」と。多くの外国人が海外から参加した由縁のようです。パリは交通渋滞に陥りましたが、文句は言われませんでした。「五万人のデモ」と、翌日の新聞に出ました。「ルーヴル前広場からノートルダムまでの行進」だった由。パリ以外の地方でもデモがあった、とも。私は感銘を受けました。フランスは革命によって民主主義体制を手に入れました。しかし同時に行った殺戮や教会破壊の汚点も忘れずに、二百年前の歴史に昨日のことのように抗議しています。

日本で「明治維新反対」のデモを行うなどということが考えられるでしょうか。維新も日本を近代化した一方で、大きな汚点を残しています。最大のものが、京都の孝明天皇と幕府に忠実だった会津藩を薩摩・長州の軍が襲い、結果的に女子どもに到るまで理不尽に虐殺したことです。理想的な教育と模範的な武士道精神の粋だった会津藩を、野蛮に虐殺した時、「日本の武士道は滅びた」とさえ、私は思っています。日本の伝統文化を壊し、極端な廃仏毀釈を行って、多くの文化財まで失ったこと。美しかった江戸の街の破壊。（地方にも及んでいます。）もし暴力と流血反省の「明治維新反対！」のデモがあれば、私は喜んで参加します。

水が豊富だった日本は「水に流し」て忘れるのが大好き。水のほとんどない砂漠から生まれたユダヤ教を祖とするキリスト教、イスラム教は、「無い水には流せぬ」とばかり、忘れることをしません。どちらも気質的には長短あわせ持つのでしょう。が「忘れない」からこそ、イスラエルは二千年ぶりに建国ができたのです。英国の裏切りによって（英国が、植民地としたパレスチナを返すと、アラブとイスラエルの両方に約束した有名な裏切りで）、いまだに争いが絶えませんが。

ヴァチカンに行くたびに、私は微笑がうかびます。聖ペトロを逆さハリツケにしたローマの暴君ネロ（所有）のオベリスクが、堂々と聖ペトロ大聖堂の前に立っています。その上に十字架。「忘れない」で接ぎ木をするカトリック精神の象徴のようです。日本の習慣なら厭なネロのオベリスクなど捨てたでしょう。あの八月十五日。聖母被昇天の日。パリのノートルダム大聖堂の中で、私は二百年前の革命派の破壊後、美しく修復されたステンドグラスに感慨深く見入りました。七歳だった息子は、よく見えるところを独りで探して、背負ったデイバッグから自分の小さなカメラをとり出しました。彼は大聖堂に入る時、いつものように帽子を脱ぎました。新しいお気に入りの艦長帽でしたから、カメラを出す一瞬、両手がふさがって困って、一寸(ちょっと)頭にのせました。「坊や(モン・プティ)、聖堂内は帽子はダメよ」と、見知らぬフランスの老婦人。身振りで解ったのか息子はすぐ「ウィ、マダム」と従いました。「何て可愛い子!(ケル・シエール・モン・プティ)」と老婦人は息子を抱き締め、両頬にキス。彼がステンドグラスの写真を撮りたがっているのを察すると、小さな彼の前を人が横切って邪魔しないように、つれのマダムたちとバリケードを作ってくれたのです。少し離れた所から見ていた私は、撮影後、マダムたちにお礼を言いました。にっこりした老婦人は再び息子を抱き締めて去りました。その時の写真は良く撮れていて、亡き主人の追悼集の表紙になりました。

主人が亡くなって二年後、幼い子どもたちと共にパリのノートルダムから始まった旅行ではいつも、マリア様の微笑と抱擁を感じました。「何て可愛い!(ケル・シエール)」と、子どもたちが行く先々で人々に温かくまもられて。……

伝統のふしぎ

日本文化の底流にある怨霊（おんりょう）文化ともいうべきものに触れて、たいそう興味を覚えているところです。きっかけは今回のお芝居です。

これを書いているいま（二〇〇一年）、「遙なる都――平家落人（おちうど）伝説」（紀伊國屋サザンシアター・7月18～22日・8回公演）の上演中です。私の役は建礼門院です。彼女は壇ノ浦の戦いで平家が滅亡した時、幼い息子の安徳天皇と、彼を抱いた母、二位の尼と共に舟から身を投げますが、彼女だけは長い髪が熊手にからんで源氏に救われ、京都の寂光院で尼として生涯を終えたことは、史実でも有名です。

この役を、私はかつて初めて出演した映画「怪談」（小林正樹監督）で演じました。その時、寂光院にお詣りし、私が建礼門院を演ずるときいた尼さんが、奥の間に案内して下さり、収めてあった貴重な肖像画や遺品を見せて頂いた有難い経験があります。寂光院はその後、不幸な火事で焼失しました。

平家には、壇ノ浦で遺体が見付からなかったために生死がわからないとされた人々がいます。例えば、幼い安徳天皇や、建礼門院の兄で平家一門の総帥、平知盛をはじめとする人たちです。――こうした人々に対して、平家への同情から「生き残って、どこかに隠れ棲んだはず」という希望的臆測が生まれたようです。今回の芝居はその臆測から生まれた平家落人伝説が土台になっています。

平家落人伝説は日本各地にありますが、今回は土佐（現・高知県）の横倉山の伝説が主に使われました。作者の庄野ひろ子氏が、幼い時からきいて育った伝説だそうです。平家落人は山中に隠れ棲み、里の人に「天狗」と呼ばれた修験道の人々にかばわれたこともあったようです。平家落人への同情は、単に日本人の「判官びいき」的な、追われる者への同情だけではなかったようです。平家は武士であっても、京の雅をとり入れ、お洒落で芸術文化を好み、華族化したことはよく知られています。その上、華族と違って人が良く、源氏と違って、敵の一族を皆殺しにせずに生かしておいた優しさがありました。平清盛は、源氏の頼朝、義経らの兄弟を殺さずに追放しただけでした。そのために源氏再興をはかる兄弟に返り討ちにあったわけです――関東の荒夷と呼ばれた源氏は、平家の武将のように優雅でなかったかわりに、むやみに強かった――平家は優しさ故に滅びた、ともいえることが、人々の同情を増したといえましょう。

私の祖先は清和源氏なので、申し訳ないような気がする上に、「平家にあらずんば人にあらず」

といわれたほど、栄華をきわめた人々の一族が、敗北後どんなにひどい目に遭ったかは、きくだけでも恐ろしいことです。平家の子女たちが遊女にされるなど当然のことだったとか。あの強い義経は実はひどく女好きで、源氏側が救った建礼門院を強姦したため、彼女は自殺（未遂）をはかったほどで、頼朝はそのため義経に激怒して、「義経追討」になったともききました。道理で、私が幼い頃から接した義経像は——それこそ「判官びいき」による——つくりものの感じが強くて、頼朝や（だれがモデルか）武蔵坊弁慶はたいそう人間的で親しみが持てたのに比べて、実体がつかめない感じがしていた理由がわかりました。後の歴史が無理してつくった義経の虚像だからでしょう。

滅びた平家への日本人の反応にはもう一つ、怨霊の問題があるようです。平安時代の文献にも「物の怪」や「怨霊」への恐怖は、驚くほど出てきます。加持祈禱だの、物忌みだの、霊鎮めだのと様々な行事に明け暮れていたのは、皆が本気で恐がっていたのかと思うと興味をそそられます。「怨霊恐怖」で一番有名なのは、菅原道真公に関してです。優秀さ故のあまりの出世を嫉まれて、無実の罪をきせられ、僻地へと飛ばされ、病気で亡くなる羽目になった道真公。その怨霊のために、当時数々の災厄が起こったと信じられました。道真公を陥れた政敵たちが雷に打たれたり、雷による火事や奇病で全員死亡。他にも天災が続きます。それで大騒ぎになって古くからの伝統通りに「神様」にして祀り、多くの神社を建てたことは、現代にも皆が行く「天神」で知られています（平安以降、次第に道真は学問の神様として敬われるようになったのです）。

この怨霊鎮めの伝統は『古事記』『日本書紀』に出てくるくらい古くからあるようです。あらゆる悪い現象――天災も、不作も、伝染病が流行するのも、人がたて続けに死ぬのも――すべては「怨霊」のせいとされ、それをなだめて平穏にするのが政治を行うもののつとめであるので、政治を「まつりごと」と言うようになったとか。「まつりごと」を行う天皇は、すべての神社の宮司の長であり、その伝統に忠実だった昭和天皇は、公の席では宮司ののりとの発声で発言しておいでだったと、天皇に近しい人にきいたことがあります。

滅びた平家の人々の怨霊を、当然、人々は恐がったようです。何しろ「生きている敵よりも、死んだ人の怨霊の方が恐い」という伝統の中で暮らしていた時代ですから。今回の芝居の中にも、安徳天皇の腹違いの弟で、後に皇位を継いだ後鳥羽天皇の周辺が、怨霊恐怖症になっているシーンがあります。後鳥羽天皇の身辺警護をしていたのは武士ではなくて僧侶たち。芝居では生きのびたことになっている安徳天皇が、懐かしさに義弟の寝所に夜、現れると、後鳥羽天皇をはじめ、周りの者たちが「亡霊が出た」「怨霊じゃ」と大騒ぎするシーンがあります。それをきいた京都守護も、真っ青になって震え出し、「怨霊ではなくて、生身の人間だ」ときくと急に元気になって、「それでは捕らえねば」となるのです。本人たちが大真面目なだけに、現代の私たちの目にはコミカルに映りますが、二千年も続いた日本の、ついこの間までの伝統なのですから。

そう簡単に私たちも忘れられないのではないか、とも思います。平家落人伝説の中には、何しろ「怨霊が恐いので、生きて隠れ棲んでいてくれた方がマシ」と思う当時の人々の間に育った話もあったでしょう。もちろん「平家を祀る神社」も日本各地にひっそりとあるようです。

「霊鎮め」は演劇の伝統にも含まれています。能は、神社やお寺と関わりながら、足利時代にいま見る洗練された形に完成しましたが、「霊鎮め」の物語が沢山あります。私たちの伝統文化や精神文化の中にはっきり流れている「霊鎮め」「怨霊」の文化。それはキリスト教文化とは一見、異質なものですが、例えばシェイクスピアの描くスコットランドやアイルランドのもつ神秘的な文化伝統が、カトリックに理解されたように、神社の本質に象徴される日本文化の伝統も理解されるのではないかと、今回の公演中に思ったことでした。

神の幼な子　モーツァルト

「ねえ、僕好き？　本当に好き？」

幼い日のモーツァルトは、親し気にしてくれる人たちに無邪気に聞いたと言われます。誰かが冗談に「嫌いだよ」と答えると、みるみる大きな目を涙で一杯にしてしまったと。フランスのアンリ・ゲオンの、秀れたモーツァルト評伝の中でこのエピソードを読んだ時、私は感動しました。何と素直で、純粋で、繊細な性格でしょう。もし私がそこに居た大人だったら「好きですとも。大好きですとも！」と抱きしめながら答えて、幼な子の大きな目を歓びで一杯にして上げたでしょう。そんな愛らしい子に、冗談にせよ、涙を溢れさせた大人はケシカランと憤慨もしました。もちろん冗談を言った人は彼の感受性に驚いて、散々慰めたのでしょうけれども。このエピソードは、モーツァルトの音楽を一貫して流れる「無垢な愛」の真実を解く、大きな鍵にもなるようです。その意味でも感動したのです。彼は神様を一生涯、この無垢な真剣さで愛し、神様に愛されたのですから。

ヴォルフガング・アマデュウス・モーツァルト。一七五六年にザルツブルクの大司教の宮廷音楽家レオポルドを父に、南チロル生まれの陽気なアンナ・マリアを母に生まれました。父は教養深い知識人で、敬虔な信仰を持ち、モーツァルトの天才を早くから見抜いて教育したことは周知のことです。四歳のモーツァルトが五線紙をインクで汚しながら書いた協奏曲を見て、父は涙を流して喜んだと言われます。音楽以外に、ラテン語や外国語、一般学課の教育をしたのも父でした。幼いモーツァルトは父が教えることには何でも夢中になり、算数を習えば机や床にまで白墨で数字を書いて熱中。この途方もない熱中と集中力は一生を通じての特質で、長じて後、結婚後の食卓でも曲想が浮かぶとナプキンをひねりながらウワの空になったそうです。神への敬虔さも父の影響が大きく、敬愛するのは「神様の次がパパです」と言った少年モーツァルトは、「パパ」という言葉に教皇様と父親とをひっかけて洒落た、と言われます。

母は善良で快活で笑い上戸の上、南チロル風のユーモア好きの人だったとか。当時流行の多少下品な冗談（糞尿譚的）も、父が笑って許す明るい家庭で、音楽家の友人たちで賑やかでもあった——天才モーツァルトの無垢な敬虔さと、集中力と、明るいユーモアは、この両親の家庭で育まれたのです。

五歳上でクラーヴィアが上手な姉ナンネル（マリア・アンナ）と共に、父につれられてヨーロッパ中を演奏旅行に出発したのは、モーツァルトが六歳の時から。ウィーンの宮廷ですべって転んで、助け起こしてくれた同じくらいの歳の王女マリー・アントワネットに「あなたは好い人だ。僕が大人になったらお嫁さんにして上げる」と言った有名な話は、女帝マリー・テレジアの許でのこと。女帝の膝に抱っこされて可愛がられたと言われます。

天才ぶりと愛らしさとで、各地の王侯貴族、一般聴衆、批評家から賞賛を浴び続けたけれど、まったくスポイルされなかったのも、父の教育の賜物でしょう。演奏後の賞賛の中で「どこが特に褒められたと思う？」との問いに「僕の袖のレエス」と答えた無邪気さ。彼が竹馬に乗って遊んでいるのを見て「神童も普通に遊ぶ」と安心した人々がいたそうです。十四歳でヴァチカンのローマ法王庁を訪ねたモーツァルトは、王子だと思われてまっすぐ枢機卿のテーブルに案内されました。この時、キリスト受難週に奏するミゼレーレをシスティーナ礼拝堂で初めて聴いただけで、後で全部楽譜に書いたそうです。その後、教皇クレメンス十四世から「黄金の軍騎士勲章」（グルックのより上の）を授与されました。

「神様の思し召し次第です」が口癖のモーツァルト。父の教育で「私たちがこの世に居るのは、神を知り、神に仕え、それによって永遠の浄福に到るためです」と、人生の意味と目的とを心に刻みました。誰に頼まれても誠実に名曲を書いた事実からも解るように。幼い日に、和音を「愛しあう音と音」と言って鍵盤上に探したモーツァルト。結婚後、子どもたちの中に病死する子がいると、別れを嘆いても「大国で幸せにいる」至福を心底喜んだモーツァルト。並はずれた努力に加えてこの性格と幼な子のような敬虔さが、彼の曲のつき抜けた明るさ、透明感、そして愛に満ちた癒しを、聴く者の心に与えるのでしょう。

最近、気鬱症になった会社員が、会社を休んで一ケ月間毎日モーツァルトを聴いて治った、という話を聞いたくらいです。私の場合も——趣味でチェロを弾き、カザルスの孫弟子だった主人の、ピアノ伴奏をよくしました。主人の病没後、ピアノに触るのが苦痛でした。ある時から、モーツァルト——「幻想曲ハ短調」や「ピアノソナタニ長調」など——を弾くことで癒されたものです。そういえばモーツァルト十六歳の作品「間奏曲」（K二一二）のモチーフが、ベートーヴエンの「歓喜の歌」のテーマになっています。元来モーツァルトの影響を受けていたベートーヴェンは最晩年に、耳に響くこのモチーフに癒されながら、自作だと思いこんだのでしょうか。

何年か前に、トーマス・インモース神父様に伺ってたいそう納得したことがあります。モーツァルトが作曲において「とりわけ聖と俗を区別しなかった」ことです。「世に仕えることと、神に仕えることは同じ」であったから。例として「戴冠式ミサ曲」と「荘厳ミサ曲」のアニュス・デイ（神の小羊で始まる賛歌）を、それぞれ後の歌劇「フィガロの結婚」の伯爵夫人のアリア（三幕と二幕）で歌わせています。またヨーロッパの修道院でも、フィガロやケルビーナのアリアを、グローリアや連禱（れんとう）にして歌ったとか。モーツァルトは八歳の時から教会音楽を作曲しています。初めてのミサ曲は十二歳の時の「孤児院ミサ曲」（K一三九）。私はこれが大好きです。また、晩年の、あの「アヴェ・ヴェルム・コルプス」（K六一八）とこの曲の原点と言われる美しいモテット「神の御母・聖マリア」（K二七三）は、「私が死んだ時も聴かせてね」と子どもたちに頼んでいるほどです。

他にも好きなモーツァルトの曲は山ほどあって書ききれません。「私にとって死ぬことはモーツァルトが聴けなくなることだ」とアインシュタインは言いました。でも偉大な神学者バルタザールの「……彼の音楽で天国への門が開く」という言葉にも、アインシュタインは賛成したでしょう。この世と天国をつないだアマデュウス（神に愛（め）でられし子）・モーツァルトに感謝します。

第五章　二〇〇二年

私が朗読した長崎

「新しき朝の光のさしそむる
　荒野にひびけ長崎の鐘」

永井隆博士の有名な歌です。作曲家の古関裕而(こせきゆうじ)氏が博士に贈る形で曲をつけて喜ばれたそうです。またある日突然、国民歌手と呼ばれた藤山一郎氏が自ら曲をつけて、ラジオで博士にむかってコーラスつきで歌ったそうです。博士からの藤山氏宛の手紙の中にこの一首があり、感動した藤山氏の返礼とか。番組の司会をした森繁久彌(もりしげひさや)氏も感動して「永井先生もきっとお聞き下さっているでしょう」と言い、「先生お大事に……くれぐれも」と藤山氏。「はい、ありがとうございます」と思わずラジオにむかって口に出すところだった、と永井博士は書いています。

数々の感動に包まれた博士のこの歌が、私には忘れられなくなりました。長崎への原爆投下から五年後の一九五〇年の話ですから、もう半世紀も前のことです。とうに街も復興して新しいビル群が立ち並んでいます。でも、そんないまも、博士のこの歌は、新しく心に響きます。永井博士が「荒野」と書いたのは、まずは原爆で多くの犠牲者を出し、灰燼に帰した愛する長崎の有様には違いなく、同時に「人間が作り出す荒野」の本質的意味も含まれているでしょうから。「荒野」に博士は、聖書の言葉を意識したでしょう。浦上天主堂のアンゼラスの音に神様を思いながら。その意味でも「長崎の鐘」が響き渡って欲しいのは、長崎から日本中、世界中にむかって、です。聖地といえる長崎は、切支丹禁制の歴史と原爆被爆とで、大きな受難の地でもあり、ほぼ真上で原爆が炸裂した浦上天主堂の鐘の音は、世界中に訴える力があるのです。

永井隆博士は、島根県松江市のお生まれ。長崎医大に学んだ後は、同大学に残って研究を続け、軍医として短期従軍後、浦上天主堂で洗礼を受け、結婚。医学博士となり教授となり、被爆による病死で、長崎市にて公葬。生前に名誉市民の称号を贈られています。松江という伝統文化豊かな町、戦災にもあわずに済んだ静かな城下町から、世界に開けた長崎に移ったことも、医学の専門が物理療法科だったことも――その研究で放射線を浴び、すでに白血病だったそうです――病床に臥してからの五年間すばらしい文筆活動をしたことも、永井博士を選んでの神様の摂理のように思えます。

原爆投下直後、破壊された病院で大ケガを負いつつ、無惨な死者の中からケガ人を救けて治療に奔走した時の記録。浦上天主堂近くの自宅は灰燼に帰し、博士のお弁当と郊外へ疎開させたお子さんたちに届けるおやつを作っていた奥様は肌身離さなかったロザリオのそばで一握りの灰と化していたこと、愛する人たちを喪って、生き残った人々の嘆きと死者への無力さへの自責の念による心の傷——すべては涙なくしては読めませんでした。被爆者であっての加療者の目。専門家としての目からもなまなましい体験を語り、泣きながら人々を励まし、毅然とした態度で世界に被爆の惨状と人間の尊厳を伝えた博士の作品群は人類の宝物の一つでしょう。

敗戦後一年で病床についてから「如己堂」と名付けた二畳の離れで執筆と接客に明け暮れたことは有名です。『この子を残して』『いとし子よ』（サンパウロ刊）他で知られる、幼い息子さんと娘さんは、弟さん夫婦と主家で寝起きしたのです。永井博士の作品は世界中に知られ、「長崎の鐘」の名で何度か映画も作られました。確か一作目で永井夫人を演じた月丘夢路さんを観て「何て美しい。マリア様みたい——日本に行きたい」と願って来日したというイタリア人の神父様に会いました。月丘さんがまだお元気だった頃で、テレビの仕事で御一緒した折にその話をすると「まあ、本当に？」と頬を染めて喜ばれました。

もう何年か前に終わりましたが、私は曾野綾子さんに譲られて五年間ラジオのカトリック番組を持ちました。放送は対談や朗読や音楽など色々でしたが、朗読の時、永井隆博士の『長崎の花』（聖母の騎士社刊・文庫上中下）や、元浦上天主堂主任司祭、川添猛神父の『春夢去来』『露に潤う男たち』『ふろしき賛歌』（聖母文庫）それに五島福江新栄町出身の作家、今井美沙子氏の『家族のスケッチ』（ドン・ボスコ社刊）など長崎の作品もよく朗読しました。

長崎の作品を読むのは楽しくてワクワクしました。信仰と愛情と深い人生観に支えられ、涙ぐむような話も明るいユーモアにくるまれています。特に長崎言葉の会話のユーモアは絶妙です。優しくて温かくて、誰も傷つけない点で、日本一ではないかと思います。永井博士の病床日誌『長崎の花』はそんなユーモアに満ちています。今井美沙子氏の作品は五島のある地域のつつましい生活をユーモラスに描きながら、日常を切りもりする母親の愛と知恵とが人生の真理を示すチャーミングな文章です。

川添猛神父の随筆集は、ラジオで朗読収録の本番でつい吹き出してしまってはNGを出し、「ゴメンナリイ」としょっ中、ディレクターに謝ったものです。例えば、可愛がっていた飼い牛が汽車にはねられて死んだので仇討ちのため、大きな石を機関車の屋根に落としたおっちゃんの話。「あれが、おれの牛ば殺したけん、仇ばとろうとした」。おっちゃんは耳に障害があるため、警察で何をきかれても同じ決意をくり返し、警察はどうしようもなく、正当な仇討ちと認めて釈放。彼は告解の時も司祭の声がきこえないので一方的に話した後、「※ロザリオ一本唱えて帰る」――優しい彼の信仰心を、信仰深かった母親の教育の賜物として、神父様が愛をこめて書いているだけに、いっそうおもしろいのです。

「ブラジルの狐が憑いて苦しかとです」というおばあさん。いい加減な御祓い師にカモにされた挙句に助けを求めて来た時、神父様は義侠心に駆られ「外国ものなら専門たい」と、お祓いをした話。ラテン語のお祈りで狐は見事に逃げてゆき、おばあさん一家に大感謝され、お魚とお酒を貰ったとか——この朗読の放送後、「狐や狸を祓って欲しい、との注文で忙しくなりました」と神父様は笑っておいででした——。川添神父も少年の頃被爆したのです。

永井博士、川添神父、今井美沙子氏の作品には、会話のせりふとして長崎言葉が沢山出てきます。間違った発音をしては失礼だし、朗読も台無しになるので、当地出身の人に指導して貰って読みました。それで長崎言葉に馴染み、魅せられ、もっと朗読の機会があれば良いのにと願うようにまでなったのです。

アンゼラスの鐘の音と共に、「長崎」が私たちに語ることの貴重さを思います。

※ロザリオは祈りの数を指で数えるための数珠。数珠一周りを「一環」と言う。長崎ではそれをよく「一本」と言う——「主の祈り」「栄唱」「天使祝詞（聖母マリアへの祈り）」を、決まり通りの順序と数で唱える——。告解をきいた司祭から信者へ「罪の償い」のために、祈りの種類と数を指定されるが、「一本」は、償いとしては大きい。

戦災孤児と聖職者たち

日本の敗戦の時、私は七歳でした。

何度も空襲をうけた東京は焼け野原。そこかしこにたたずむ戦災孤児の姿が、幼い私の胸をえぐるようでした。

「有楽町の駅前を通るの？　別の道からは行けないの？」

私はよく大人に言いました。

「どうして？」

「……」

特に有楽町駅のガード下にはいつも孤児が集まり、私より幼い子まで靴みがきなどしているのを見るのが辛かったのです。とりわけ冬には、ボロをまとって寒そうにしている孤児たちの前を、温かいコートを着て親と手をつないで歩くことなど、私には罪悪に思えました。彼らに私が何もできない苛立ち(いらだ)と悲しみ。せめて彼らの辛い思いを刺激しないのが、私にできる唯一のことに思えました。——孤児の姿が見えると、急につないでいた手を離し、少し遅れてうつむいて歩く私に、父や母や兄は、初めは驚いたようでしたが、察してくれたのか何も言いませんでした。

私の一家は敗戦の前年、目白台の家から世田谷に引っ越したところでした。父が、豪徳寺と梅ケ丘の間にあった国立梅ケ丘病院の院長を兼任することになったからです。その病院は斎藤茂吉氏の病院を、国が急に買い取って国立病院にしたものです。院長官舎は、病院の隣にあり、茂吉氏の御次男、北杜夫氏の『楡家の人びと』の舞台になった広大なお邸でした。建て坪だけで二百数十坪もあるその邸へ引っ越して二日目、二度目の東京大空襲にあいました。父は病院で、患者さんの避難と、降り注ぐ焼夷弾の下での消火の指揮にあたり、母は官舎の庭の広い池から消火用の水をくんでバケツでリレー。旧制の一高生だった十六歳の兄は、親戚の人と二人で大きな官舎の中を駆け廻って、落ちてくる焼夷弾の消火につとめました。私は、若いお手伝いさんと一緒に、患者さんたちと畑の中に避難させられ、近くの家が燃えるのを見て一晩中震えていました。

病院の被害は甚大でした。何とか続けられる程度にだけ残りました。火の中を父が数歩動くと前に居たところに焼夷弾が落ち、また動くと前に居たところに落ち……の連続で「生きていたのは奇蹟」といえるほどでした。父のヘルメットの縁や衣服がコゲていました。兄が屋根を貫く焼夷弾に当たらなかったのも好運でした。他の時にも父は危ない目にあっていますが、私が共に経験したこの夜だけを考えても、私だって孤児になったかもしれないのです。※

官舎は兄の努力で燃え上がらずに済みましたが、屋根を貫いた沢山の焼夷弾のコゲ目が、持ち込んだマホガニーの家具類につきました。——戦後、私たちの安否を気づかって次々と訪ねてきた父の友人のアメリカ人たちは、まず無事な顔を見て泣き、次に、戦前見慣れた家具のコゲ目を見て「こんな目にあって」と泣きました——アメリカの友人の一番乗りは、職業柄、外交官でした。次いで医学者、官僚、友人から頼まれての軍属の人たち、やはり父がハーヴァード時代にボストンで親しくなったカトリックのシスターからの問い合わせ——私は彼らに贈られるステキな衣類に包まれ出し、周囲に羨ましがられ、サイズの合わない物は母が人に上げていました。大人扱いの兄には衣類の贈物が無いので、母が知人の冬ゴートと、自分のキモノを交換して手に入れたのを覚えています。敗戦直後は物々交換でしたから。私のステキなコートが着られなくなるのを待って、その代わりにと、素晴らしいキモノを下さった方もいます（いまも愛用しています）。アメリカの友人たちへのお返しに、母は刺繡の帯を切って「クッションにして」と上げていました。「それじゃもったいないから額に入れた」と友人が居間に飾ったのを、後日訪ねた時見たこともあります。

幼い私にも恵まれているという自覚がありました。それだけに、街にたたずむ孤児の姿に私の罪悪感は強かったのです。そんなある日、私たちはもう目白台の自宅に戻っていましたから、十一歳にはなっていた頃、私の通う小学校（日本女子大学附属）に、外国人のカンドー神父様が講演に来られました。親子向けの講演でした。「戦災孤児は神様に特別に選ばれた子どもたちなのですよ。大事にしてやらなくてはねえ」。達者な日本語で言われた神父様の言葉に私は心洗われるようでした。私の頬には涙が流れました。孤児たちとの生活を温かく、ユーモアを交えて語られる心に溢れる愛。神父様の示す愛は、孤児たちも私たちも、共に救って下さる愛でした。「でもねえ、お金だけが無いのですよ。それでこうして私立校の親御さんに寄付を願って廻っているのです。うちの娘が嫁に行く時にはタンスの一棹も持たせてやりたいしねえ」。母たちも笑いながら泣いたそうです。幼い私にもカンドー神父様の話は深く心に刻まれました。タンスは「一棹」と数えることも覚えたのです。

「わが子を愛するのは親心。他の子どもたちを愛するのは神の心なのよ」。その晩、母は私に言いました。大昔の聖心女子大学の英文科出身の母は、当時まだ信者でなかったけれどカトリックの影響多大でした。空襲に脅える夜「神様がついていて下さるから大丈夫」と聖歌を歌ってくれたものです。命がけの神父、修道士、修道女の行動を、ハンセン氏病院の話を始め、色々話してくれました。

　私が初めて接し、感動したカンドー神父様は、バスク生まれでパリ・ミッションの方だと後で知りました。また「広島、長崎への原爆投下への抗議文を、アメリカに真っ先につきつけたヴァチカン」の、文章を書いたのがカンドー神父様だったと知ったのです。嬉しくなりました。焼け跡に茫然（ぼうぜん）と立ちつくす日本人に先駆けて、孤児たちや、家、財産を失った人、病院へ行けない病人のために、改めて奔走したカトリックの聖職者たち。戦争中はスパイ扱いし「神をとるか天皇をとるか」と迫害した憲兵を（憲兵の中には聖職者たちの態度に感銘をうけて、尊敬していた人たちもいたそうですが）、戦後アメリカ軍の調査には「迫害はなかった」とかばい、家が焼けた鬼憲兵に米軍物資を運んだ聖職者たち。※※

その外国人聖職者たちの中でもいちはやく一般に知られたのが、ゼノ修道士様でしょう。ゼノ修道士様の行動が知られて良かった、と私は思いました。そのために日本人はカトリック聖職者の働きを垣間（かいま）見たのですから。他の多くの聖職者たちの信念や隠れた活動への皆の理解が、しやすくなったと思います。

「信じられるのはカトリックの愛の行動」という種（たね）を、幼い私の心に植えつけたのは、戦前戦後の外国人カトリック聖職者の信念と行動でした。日本の百八十度の価値観の転換の中で「決して変わらない永遠の真理」を体現した聖職者たち。——感謝は、幼い日に流した涙と共に常に私の心にあります。帰天されたり、老齢になられた方々へのお祈りと共に。

※私が小学校に入ってまもなく、日本は敗戦の色濃く、空襲が始まり、学童疎開が始まり、翌年が終戦でした（小一は幼すぎるので「個人的に疎開を」と、親許に託されました）。私の両親は私を手許に置き、東京大空襲の後、

一時期祖父母の疎開先に預けたけれど、両親の方が「淋しくなって」私をつれ戻しました。やがて広島と長崎に原爆が投下され、ソ連が日本に宣戦布告するに到って、死を覚悟した両親は「この子だけは」と父の悲愴な手紙と共に、再び私を祖父母の許に送ったのです。祖母が涙にむせびながら父の手紙を読んでいた姿が忘れられません。その数日後に、敗戦を告げる昭和天皇の玉音放送。祖母はまた新たにこぼした涙をふきながら言いました。「英子、戦争は終わったよ」。幼い私にとっても、死は日常茶飯事でした。東京はコゲクサイ街と化し、焼死体を片付ける暇もなく、そこここに見られました。祖父母の疎開先の埼玉県でも、私を可愛がって下さった小父様が出先で爆撃にあって亡くなっています。親許を離れた幼い私を慰めようと（文房具店を営んでいたので）千代紙やクレヨンを持って訪れ、私より少し歳上の大人しいお嬢さんを遊び相手によこして下さる優しい人でした。突然その父娘が訪れなくなったのを不審に思って理由をきくと、やっと言いにくそうに話す祖母の説明で知ったのです。

※※戦後の焼け跡に立って、日本人の多くが茫然としていました。その時、真っ先に立ち上がって日本人を慰め、励まし、孤児たちを救うために駆け廻ったのが、多くは外国人のカトリックの神父、修道士、修道女たちでした。戦時中、外国人ということや、天皇以外の神を信じている、という理由で、収容所に閉じこめられ、憲兵に詰問されたり、迫害されたりしていた聖職者たちは米軍によって解放されました。米軍から「拘留中は、ひどい扱いを受けませんでしたか?」ときかれた時、皆さんが「いいえ。良い扱いを受けましたよ」と答えたときいています。確かに遠い祖国を離れて愛のために働く聖職者の人格に心うたれ、尊敬した憲兵も多かったとか。でも迫害の厳しかった憲兵の話もききます。

アッシジで足を……

「アッシジで足を折ったので」

そう言うと、たいていの人はニヤリとしました。アシにかけた洒落だ、と緊張がほぐれたようです。その時の私ときたら、爪先以外は左膝までの、大長靴みたいなギブスに松葉杖姿でしたから。講演の約束が各地であったので、その姿で日本中旅しました。主催者側も聴衆も驚いたようです。皆、少し深刻な顔になったけれど「アッシジでアシを……」という私の言葉に、聴衆はいつも笑い出しました。

いまから一三年前。ヴァチカンで教皇様との個人謁見の栄誉が頂けた時のことです。——それより二年前、主人が病没（娘が九歳。息子が五歳でした）。個人謁見のお話はその直後から頂きましたが、「万一、私の飛行機が落ちたら、幼い子どもたちが孤児になる」と、当時は心配で、有難いお話を御辞退しました。お誘いは二度ほどあり「それじゃ夏休みに子どもたちもつれて一緒に来なさい」ということになり、三度目の機会に実現したのです。——十一歳と七歳になった娘と息子にとっては、ヨーロッパ旅行は初めて。せっかく行くのだからと、同行者たちとも相談の上、個人謁見をはさんで二週間の旅程になりました。フランス、イタリア、ベルギーです。アッシジに行ったのは、三日後には帰国という、旅程も終わりの頃でした。個人謁見で教皇様に温かく迎えて頂き、満ち足りた後で、足を折るには、幸運な時期でした。

非常に過密なスケジュールになり、まだ幼い子どもたちはよく耐えたと思います。個人謁見の前には、パウロ六世ホールでの一般謁見の儀式にも出席。その二時間、子どもたちは、特別席で嬉しそうに背すじをのばして微動だもせず、諸国の参加者たちから褒められました。「可愛い」とヴァチカン新聞に二人の写真が大きく掲載され、親馬鹿の私を喜ばせました。パリ、ヴェルサイユ、ルルド、ヴェネツィア、ローマ、ヴァチカン、そしてアッシジ（その後再びローマ、ブリュッセル）。どこへ行っても「可愛い。礼儀正しい」と人々から抱き締められ、キスされ、贈物を貰い、お店ではオマケして貰い……と子どもたちは幸せでしたが、体調が心配な時もありました。私は引率の大司教様や、他の気の好い同行者二人のペースを、子どもたちの幼い足が邪魔しないようにと常に気をつかいました。自分のペースはつい、おろそかになりました。アッシジは、丘の上の街です。坂や石段が多いのです。ローマから車でとばして三時間。サンタ・キアラ大聖堂、サン・ルフィノ司教座聖堂、ローマ時代の名残を残すミネルヴァ寺院などの内部を、うっとりと眺め、聖フランシスコの生家跡なども見た後のこと。聖フランシスコ大聖堂と修道院にむかう坂道でのことでした。坂は段差のある石畳。先行する大司教様と、歩調調整する同行者たち、最後尾の子どもたちとの間で私の足許がおろそかではいけない、と思った途端に、私の左足は石の段差でねじれました。私の意識はスローモーションフィルムのように倒れる自分の姿をとらえたのを覚えています。「折れた！」と直観しました。ハンカチできつく縛り、同行者の誰かの肩にすがって、聖フランシスコ大聖堂と修道院の内部を見て歩きました。「見逃してなるものか」と。素晴らしいので気がまぎれましたが、見終わった後、さすがに脂汁が出て、昼食をしたホテルのロビイで休みました。

その後はポルツィウンクラ（聖フランシスコがイエズス様に言われて、手で石を積み、修復した小教会）に行く予定だったので、皆には行ってもらいました。私は、大司教様の連絡で病院につれて行って下さるという親切な地元の神父様を待つことになったのです。ホテルの人たちも親切で、氷を持ってきて足を冷やしてくれました。独りで足を冷やしていると、イタリア人の幼女が来て、人懐っこく何かききました。イタリア語ができない私が、英語とフランス語で「足を折って痛いの」と説明すると、解ったらしく、私の左足の痛くない部分を小さな手で一所懸命撫でてから、いなくなりました。大分、慰められました。

元は聖フランシスコが建てたという病院には有能そうな外科医がいて「何語？　英語が良いですか？」と達者な英語で接してくれました。彼は私のケガの事情をきくと「アッシジは坂と階段が多くて申し訳ない」と謝りました。「とんでもない。素晴らしいところです。私が不注意だったのです」と答えると、微笑んで「保険証はお持ちですか？」「ローマのホテルに置いてきました。必要ですね？」「保険証があればお互いに幸せですが、いま無いなら結構。巡礼の方がアッシジでケガをされたのですから、無料です。——ではレントゲン室へ」と車椅子に乗せられました。レントゲン技師は典型的な地中海気質で、ニコニコと大声でオペラのアリアを歌いながら、私の足を撮影しました。余り陽気なので、大したことはないような気になって「折れてないの？」ときくと、両手を拡げて片言の英語で「英語できない。ドクターにきいて」。

「左足小指につながる骨の根元骨折です。見て御覧なさい」。ドクターに写真を見せられると、土踏まずの上あたりの骨に亀裂が見えました。「全治六ケ月です。面倒な部位ですが、固くテーピングをします。後三日で帰国ですね？　左足では踏まずに、帰国したらすぐ外科の主治医にギブスをつけて貰って下さい。レントゲン写真と診断書をお渡ししますから主治医に見せて、よろしくお伝え下さい。——お大事にね」。

ちなみに、帰国後訪ねた私の外科の主治医は、テーピングの技術に感心し、渡されたレントゲン写真と現在の写真を比べて差がないため、テーピングに守られたのだと説明して下さいました。イタリア語の診断書には彼の眉が上ったけれど、「肝心な部分はラテン語で書いてあるので、私にもよく解ります」と上機嫌でした。「優秀な外科医に会えて幸運でしたね。よかった、よかった」と。さすがは聖フランシスコの病院でした。ケガをしたのが聖地アッシジという幸運。その思いで「アッシジで足を」と強調すれば、日本では笑ってなごんで貰えましたし。……

ホテルや空港で杖や車椅子を借りての、その後の旅行では、ローマやブリュッセルの街でも、店でも、教会でも、空港でも、サヴェナ航空機内でも、私はＶＩＰ扱いでした。その体験のさまざまは、帰国後の日本での体験と比べて、大変良い勉強になりました。体験してこその啓蒙(けいもう)でした。

いま思えば、あの時の忙しい旅行で何事もなく終わる方が不思議だったくらいです。あのケガに私は、神様のお恵みに加えて、聖フランシスコのお恵みを感じました。深い体験でした。ポルツィウンクラにはいつか、お祈りに行きたいと思います。

懐(なつ)かしさによせて

キリシタンやバテレンを切支丹や伴天連と漢字で書く方が、私には懐かしいのです。ちょうどスペインを西班牙、ポルトガルを葡萄牙と書くのが懐かしいのと似ています。

この雰囲気は愛読した西条八十等の童詩にも窺えます。その一つ、「手品」。

こんな手づまが使ひたい。

お父さんに
お母さん、
お姉さんの舞踏靴、
昨夜貰った巴旦杏。

竈のうへの黒猫に
窓から見える帆前船、
教会堂の圓屋根と
屋根にとまった白鳩と、

みんな纏めたそのうへに
青いマントをおひかぶせ

明けりや眞紅な薔薇になる。

こんな手づまが使ひたい。

港町の風景から、長崎もすぐにイメージに浮かぶ、異国的な香りもあります。でも何より、この言葉づかいには、リズムと、絵を見るような美しさがあります。漢字と音との組み合わせが、意味を深めてもいます。最近ではめったに見られなくなった「日本語の美しさ」でしょう。

最近の日本語は一般的に、文字通り殺風景でおもしろくありません。物の言い方も殺風景で乱暴で風情がない。だから心もすさむのでしょう。

でも切支丹という言葉を、こんな感情から懐かしがるのは不謹慎かもしれません。その歴史は迫害の悲劇と切り離せないのですから。そして切支丹たちの悲劇の原因を作ったのは、西班牙と葡萄牙の植民地政策でした。特に西班牙が、十六世紀、中南米を始めインディオの国々でいかに残虐な方法で金や財宝や国を獲ったか。史上、有名な話です。近年も「ミッション」という映画が、ヴァチカン推薦で上映されました。——無垢なインディオの村に派遣されて、布教したイエズス会の敬虔な聖職者たち。領土没収の政策に裏切られ、銃をとった聖職者さえいました。御聖体を掲げて無抵抗の抗議を示した神父も、従う侍者の少年も村人たちも、西班牙の軍隊によって全滅。抵抗した聖職者も殺され、ただ一人生き残った少女は川に十字架を投げ捨てて去ります。

切支丹時代の悲しい歴史です。インディオは鉄器文明に乗り遅れ、青銅器文明に生きていたため、西班牙の騎馬隊を見て仰天（ぎょうてん）したそうです。「上半身が人間で、下半身が馬の怪物だ！」と、たちまち戦意を失って殺されたとか。

十六世紀の日本は違いました。最初に来日したイエズス会のフランシスコ・ザビエルは、日本の文化と文明の高さに仰天したのです。火縄銃も騎馬隊もあり、（信長が三段銃を考えつくのはもう少し後ですが、それでもナポレオンより二百年早かったのです）識字率は世界一（西欧ではまだ貴族でも読み書きできない人が居り、アメリカでは二十世紀になっても町中が読み書きできないところもありました）。

ザビエルは「黄金の国ジパング」に興味津々（しんしん）の植民地主義者たちに「日本は植民地でなく友好国とすべき」という手紙を沢山（たくさん）書き送りました。「金も銀も、さほど無い。軍備も整っている。文化度が高く布教しやすい。礼儀正しく、勤勉で、向上心が強く、私は神の前に彼らと共に苦しみを捧げるのを誇りに思う」という意味の、素晴らしい手紙の数々。……ザビエルを敬愛して跡を継いだのがヴァリニアーノ。彼はザビエルと同じ考えだったと言われます。しかし不幸なことに彼が任命した管区長コエリヨは、日本の植民地化に熱心だったのです。時代は秀吉の世。国を守る点では優秀な外交官だった秀吉は、コエリヨと脅(おど)し合いました。コエリヨの動きを知り、「明(みん)（中国）を獲われたら朝鮮半島を通って日本が襲われる。その前に明を抑えるから通せ」という秀吉の要求は、何も知らない朝鮮には迷惑な話だったでしょう。でも少なくとも秀吉は、西班牙のように植民地化のために朝鮮半島に攻めこんだのではなかったのです。それに、――西班牙は十字架の旗を立てて攻めて来ます。切支丹なら抵抗できません。それで秀吉は「切支丹禁制」を始めたのです。こうした事実を私が知ったのは、第二ヴァチカン公会議と共に、真実が発表されたからです。犠牲者は、映画「ミッション」と同様、敬虔な聖職者と信仰深い人たち。他国の「国欲」の前に犠牲者が出るのが歴史の事実です。

「歴史に『もし』という言葉ほど虚(むな)しい言葉はないけれど」と、かつてピタウ神父様がおっしゃいました。兄と私と三人で話していた時です。――当時は上智大学の学長で、後にイエズス会管区長、その後教皇様のそばにいらっしゃいます。私の父の葬儀も、当時は主任司祭だった森司教様と、共同司式を務めて下さいました――「もし、コエリヨがヴァリニアーノの言うことをきいていたら、秀吉は切支丹禁制をせず、朝鮮出兵もせず、また家康が鎖国をすることもなかったでしょう。そして日本は、おおらかにカトリックを受け入れてきたでしょうにねえ」。ピタウ神父様の嘆きは、私たち皆の嘆きです。日本の、そして世界の。葡萄牙はすでに十六世紀に西班牙の属国でしたが、西班牙は後に、英国艦隊に打ちのめされて、衰弱しました。

英国も後年衰弱しました。衰弱以前の英国の植民地政策も史上有名です。いまも内乱が絶えないところは、英国が自国の利益のために分離政策を行った所です。インドとパキスタン。南アフリカ。イスラエルとパレスチナ・アラブ。アイルランド。……国益というよりも国欲。その恐ろしさをしみじみ思います。（日本も一時期経験したことですし）今回の冬季オリンピックを見ても、その感は強く、選手が気の毒で見るに耐えない部分があります。日本は海千山千の侵略史をもつ西欧と比べたら、弱小国です。外交力も弱く、不正への抗議を受け入れて貰える力もない。

だからといって誇りだけは失って欲しくありません。

かつてザビエルを驚嘆させた日本。文化度、文明度が世界をしのいだ日本。その誇りを忘れずに神様の前に宝を積みたいものです。

セント・メリーの鐘

「セントメリーの鐘」という映画を、小学生の時に観(み)て忘れられなくなりました。先生に引率されて、昔の帝劇で観たのです。

――小学生の子どもたちと、教育に携わるシスターと、管理する神父様との物語です。シスターは子どもたちを愛する余りの激務から結核に罹(かか)ります。「我が身をいとえ」と言えば喧嘩(けんか)になるほど、捨て身で働くシスターに、神父様は理由を言わずに転地療養を命じます。転地は自分が教育に向かず、子どもたちに好かれていないからだと思いこんで深く悲しむシスターに、ついに神父様は真相を告げます。回復すれば、子どもたちの世話が続けられる。それに比べれば、結核(けっかく)なんて恐るるに足りない――真相を知ったシスターの顔は輝きます。「結核」が今より恐ろしい病気だった一九四五年の作品です。神父様のためらいにもシスターの勇気にも、その背景があります。子どもたちはシスターを慕っています。問題を抱えたある少女は、シスターの愛に心を開き、能力を開花させますが、シスターの傍らに居たい、卒業したくない、とワザと落第。もちろんこの事態も感動的に解決します。

映画はコメディ風ですが、全篇を貫く感動的な愛に、幼い私たちは泣いたり笑ったりして魅せられました。そしてコーモラスに喧嘩ばかりしている神父様とシスターを演じた、ビング・クロスビーとイングリッド・バーグマンの大ファンになったのです。後で知ったことですが、バーグマン演ずるシスター・ベネディクトには、実在のシスターのモデルがあったそうです。たいそうよく笑うシスターで、子どもを愛し、テニスとボクシングが大好き。映画監督は、このシスターが昔の長い尼僧服の裾をひるがえしながら、子どもたちとテニスをする姿に見とれたとか。でも映画ではテニスではなく、シスターが拳(こぶし)を固めて夢中でボクシングを応援するシーンが使われて、観客の笑いを誘いました。

このシスター役にバーグマンが情熱的に息を吹きこんだのです。クロスビーの神父様とお互いに敬愛しながら意見が対立するシーンで、じかに話すと喧嘩になるからと、真ん中に通訳を置いて言い争うシーンなど、忘れられないおもしろさでした。この映画の大成功はアメリカのカトリック家庭の母親たちを怒らせた、という後日談があります。明るく敬虔なシスター・ベネディクトが余りにも魅力的だったので、憧れた多くの娘たちが修道院に入ったからでした。バーグマンが、うらまれたそうです。監督はアイルランド系の名匠(めいしょう)レオ・マッケリー。彼はすでに、ビング・クロスビーを神父役に「我が道を往く(ゴーイング・マイウェイ)」で大成功を収めていました。ビング・クロスビーと言えばオマリー神父のイメージが浮かぶほど、有名になった映画です。ただし、やはりアイルランド系で敬虔なカトリック信者だったクロスビーは、出演依頼に「私みたいな者が神父様なんてとんでもない」と固辞。制作側が大司教様にお願いして「良い布教になるし、不敬ではない」と彼を説得していただいたというエピソードがあります。

「我が道を往く」は、私もその後、観ました。やはりユーモラスに描きながら心打つ作品でした。古風で頑固(がんこ)な老齢の神父様を相手に、クロスビーのオマリー神父が人情的にも苦労します。強固に遠慮する老神父様を説得して家族に再会させるシーン。オマリー神父がアイルランドの子守歌をうたって、老神父様を寝かしつけるシーン。等々の名場面が心に残っています。「セントメリーの鐘」は、その続篇として作られ、老神父様がシスターに替わったのです。バーグマンも、よく笑うユーモラスな人だったそうです。皆に感謝して仕事したので、最終場面の後で「冗談」を演じたと自ら書いています。オマリー神父がシスターに真相を告げるラストシーン。シスターは心から御礼を言い、神父様の「困ったことがあったら、オマリーの0をダイヤルしなさい」という言葉に感謝しつつ遠ざかる――上出来に撮影が終わった後、彼女は監督に懇願して、もう一度、そのシーンを撮って貰った。そこで神父様に御礼を言ってから、突然、神父様に抱きついてキスしたそうです。クロスビーは腰を抜かしそうになり、監督は「カット！　カメラを止めろ！」と叫び、監修役の本物の神父様は走っていらしたそうです。――パニックの中で、笑っている彼女を見て、皆も冗談と解って笑い出したとか。バーグマンは大胆な人ですが、自らの行動の後始末も誠心誠意するので、大変愛された人です。おそらく、一番驚かせた本物の神父様には心から詫びたことでしょう。

この映画が懐かしくて、近年ヴィデオ版を探して、観てがっかりしました。極端な時間短縮で、筋追いに終始。特に感動したり、大笑いしたり、会話が印象的だったシーンはすべてカットされていました。完全版のヴィデオがあれば、と思います。

愛情豊かなシスターたちの笑いに包まれる幸せ。それを私が少女の頃に初めて体験したのは、四谷の「幼きイエス会（ニコラ・バレ創設）」でのことです。私はシスター方に英語と仏語を教わりに修道会に通っていました。娘は幼稚園からこの修道会経営の雙葉学園にお世話になりました。温かい笑いと、子どもへの愛に満ちた、賢い素晴らしいシスター方に感謝してきました。いまは帰天されたり、高齢で弱られた方々がおられるのが悲しく、皆様のために祈っております。卒業後娘は、私の母の母校、懐かしい聖心女子大学にお世話になりました。講演をお頼まれするなどでもシスター方と親しくさせて頂き、感謝しております。講演では、随分多くの修道会に伺いました。数回講演したところは、雙葉、聖心以外では、純心、白百合、聖母など——その学園のある各地にも伺ったので。ここには書ききれませんが、他も含めてどの修道会に伺っても、ひたむきなシスターたちの姿に頭が下がりました。私のような俗人は、聖職者には三歩下がって歩く、という気持ちになります。神様に捧げた自らを厳しく律し、自己犠牲の愛を私たち俗人に惜しみなく与えてくださる姿勢には、畏敬の念を禁じ得ません。あの二つの名映画が描いた、自らに厳しい聖職者たちが垣間見せる豊かな人間味に、嬉しくなるのはそのためでしょう。

人間の一番美しい姿は、信念故に耐える姿でしょう。その極致がマリア様——※ピエタ像は美の極致に思えます——。シスター方の美しさの背後に、私たちはマリア様を透かし見るのです。

近頃のように、欲望解放の世の中で、「我が欲望こそが世の正義」だと、多くの声に叫ばれると、マリア様の前に跪いて泣きたくなります。自戒の念もこめて「聖マリアの鐘よ、鳴り響け」と願うのです。

※ピエタは敬虔の意味。ピエタ像は「悲しみの聖母マリア」と言われ、キリストの遺体を抱いたマリア像。

マザー・テレサと子どもたち

「愛とは、相手のために我慢すること、耐えること、痛むこと」と語り、それを体現した方。その声がまだ耳に残る、マザー・テレサ。私にとっても、希望の象徴でした。

前にマザーとの触れ合いや、その修道会との関わりを書きました。重複しない思い出を、今回追ってみます。

ちょうど娘が生まれた年で、二十五年前。マザー・テレサに関する本や情報が、色々出始めていました。大きなきっかけは確か、英国のテレビマンが作ったときでした。目立つことを嫌い、マスコミ取材は固辞したマザー・テレサを、その英国人は熱心に説得し、テレビ出演を承諾させたそうです。「あなたではなく、極貧の人々を知らせるために」という説得で。

英国のテレビ放映が生んだ欧米での大反響を、私も知りました。とりわけ心に残ったのは、英国とフランスの子どもたちが、それぞれ自分たちの「ミルクやパンを半分我慢して」送った食糧。微笑ましかったのはドイツの子どもたちからの「ビタミン剤」。お国柄が偲ばれました。アメリカ、その他の子どもたちからの物資もありました。先進国の中で、日本の子どもたちから、の情報は無しでした。

日本の千葉茂樹監督が撮った、マザー・テレサの活動を追う映画も女子パウロ会で観ました。その映像でも各国の子どもたちから送られた段ボール箱などが映し出されました。日本の子どもたちからの物資は見られず、淋しい思いでした（日本人のシスターやスタッフの姿が救いでしたが）。

日本は欧米のようにキリスト教国ではないし、ヨーロッパのテレビの重大情報がすぐ紹介される敏感さもないようです。加えて「飢えた相手に自分が我慢して分け与える」教育も、一般的にはされていません。

「日本が心の教育に関して先進国ではなくなった」のは悲しい限りです。聖フランシスコ・ザヴィエルが来日して、日本人の教育の高さ（心も含めて）に感動し、「布教しやすい」と喜んだのは十六世紀。仏教と儒教が支える高度の教育習慣が武士の子弟から庶民にも拡がったのが、室町時代といわれますから十四、五世紀以来でしょう。以前からの仏教の活躍があるので「心の教育」はさらに昔にさかのぼります。

日本が妙なことになったのは戦後、といわれますが、「諸悪の根源は明治維新に含まれる」と言う人もいます。平山郁夫（ひらやまいくお）画伯も、そのひとりです。維新を起こした下級武士たちは、制度ばかりか仏教自体まで目の敵（かたき）にし、日本人の「心」を政府がコントロールしようとする母体を作った、というわけです。マザー・テレサの存在を知った後、じっとしていられなくなって、「インドシナ難民救助の会」（相馬雪香会長）に関わった私は、日本人の優しさを発見しました。――ポル・ポト政権がカンボジアの知的階級や技術者を虐殺し、国民の戸籍を消して農奴化する恐怖政治を始めた時。辛うじて逃げた多くの孤児を含む人たちが、タイの国境の地サケオやアランヤプラテートで、難民となりました。ポル・ポトの「犯罪」に仰天した世界中が、救援に駆けつけました。印象深かったのは、一番乗りがイスラエルだったことです。「どうしてこんなに早く?」と驚く難民に「我々が必要だと思ったからです」と答えたのです。二番目がフランス。六番目ぐらいがアメリカ。日本は例によって忘れた頃――相馬雪香氏は早々に救援を始めたけれど、政府のお墨付きを得るのに手間がかかりすぎ、民間人として行ったため「日本国代表」として旗が示されることにならなかったのです。

当時、上智大学の学長だったピタウ神父様は箱を持って半日街に立ち、献金を募りました。「日本人は優しいです。四十八万円も集まりましたよ。明日、タイ国境に行きます」という夜、たまたまお会いしました。私もお財布を逆さまにしてそれに加え、何とか五十万円になりました。「貴女の心も届けます。必ず」と神父様ににっこりされて感激した思い出があります。相馬氏もマスコミ取材がお好きでないけれど、カンボジア難民のために、NHKの取材を受けたそうです。すると日本中から、驚くほどの献金が集まりました。「貯金箱ごと送ります」と子どもから。「テニスのラケットを買おうと溜めたお金です」と少年から。「金婚式祝いに温泉に行く積もりだったお金です」と老夫婦から……。相馬氏は涙で一杯の目で、私たちに報告して下さいました。「日本には優しい、素晴らしい心を持つ人がまだ多い。隠れていて見えないだけなのです」と。

「例えばデンマークのように、市民が政府を動かさないと」と相馬氏。カンボジア危機でも、国中の全教会（派を問わずに）が鐘を鳴らし、集まった市民側から国王に直訴。国王から政府への訴えで、国は敏速に救援に動いたとか。日本は国の事情が違うだけに、隠れた心ある日本人同士の連帯が欲しい、それがまず日本を、日本の子どもたちを救う、と痛感します。

「愛は行動（ラヴ・イズ・アクション）」とおっしゃるマザー・テレサの言葉はすべて、行動する人の言葉だけに、宝玉のように輝きます。それは私の人生にも光を与えました。中でも最初の感動は「日本の皆さんへ」という言伝て（ことづて）（以前にも書きましたが）を濱尾司教様が伝えて下さった時。「日本にはカルカッタのような極貧の人はいないでしょう。でも『自分は誰からも必要とされていないと感じる孤独』という、最も恐ろしい病気にかかっている人は案外多いのではないでしょうか。そんな人に会ったら、すぐ手をさしのべて上げて下さい」――母親になったばかりの時にきいた言葉は、私の心に沁みました。「まずわが子を、家族を、私は決して『孤独』に病んだりはさせない。そこから始めることで、マザーの言葉に従えるようにしたい」と心に誓ったのです。

次は、その数年後の、マザー・テレサ来日の折で、私は幸運にもマザーに紹介され、またお話を伺うこともできた時。マザーはヒンズー教の四歳の坊やのエピソードを話しました。幼い坊やはマザーの質素な修道会にお砂糖がないのを見て同情し、自分で毎日我慢して小さな壺に溜めたお砂糖を、親につき添われて届けにきたそうです。マザーの目には涙が溢れた――「小さな壺の中の大きな大きな愛。私は幼い坊やに改めて本当の愛を教わりました」と、マザーは謙虚に語りました。「彼は私のために我慢した。耐えた。痛んでくれた。それが本当の愛なのです」

耐える行動の積み重ねで、人は「本当の人間になってゆく」という真実をも、私はその時教わったと思いました。

マザー・テレサに感謝はつきないのです。

自然の友人たち

「リスくんの棲みつく家は運が良いです。リスくんは清潔で、虫など運びませんし、ネズミも来なくなりますからね」

リスだけは「くん」付けで呼ぶ大工の棟梁。長野県軽井沢町の高原、信濃追分にあるわが家の天井裏に、リスくんが棲みついたのを、にこにこと祝福してくれました。

私が生まれる数年前に、夏の家として父が建てたその家は、何度か改築の後、いまも何とか持ちこたえています。父の没後、私の代になって二十年ほどたちます。そこへいつの間にか、リスくんが棲むようになったのです。リスくんが庭に何本かあるクルミの樹の枝を渡るのは、昔から見てきました。「巣はどこかしら？」庭のどこかに違いありませんでした。父が樹を大事にしたので、千坪ほどの庭は、赤松、白樺、クルミや栗を始めとする沢山の樹々で、小さな森になっていますから。

私を可愛がってくれた初代の管理人さんの、息子、孫へと管理が受け継がれ、いまは三代目。

代々「自分の家と庭のように」思って手入れしてくれるので、私は頼り切りです。

年に一度、夏しか行けないけれど、ヴェランダでボーッと庭の樹々を見ているだけで、全身の細胞が元気になります。ただ、以前より周囲に別荘も増え、うちの前の道も車の通行量が激増。リスくんたちもうるさいだろうと思ったら、屋根裏に移り棲んでいたのです。

ある朝。台所の仕切りカウンターの上に前の晩置いた、残りのクロワッサンが三分の一、キレイに欠けていました。かぶせたナプキンも、ずれています。「誰か食べた？」ときくと、子どもたちは「食べるなら一個全部頂きます」と笑いました。「リスでしょ」。ためしにその晩もパンを置いておくと、翌朝やっぱり減っています。

「お腹が空いてるのね」と、ヴェランダの楢の樹の根元に残りを全部置きました。すると、気付かぬ間にパンは消え、そこにドングリが二個、ちょこんと置いてありました。

「御礼のつもりかしら？」ドングリを貰って、二日後またパンを置いてみました。いつの間にかパンは消え、またドングリが二個。「何て可愛いんでしょう」義理堅いリスくんと、友だちになった気分でした。根元でリスと交流した楢の樹は、いま一抱えもある太さでそびえていますが、私の幼い頃はもっと細く、丸くくりぬいたヴェランダの屋根をつきぬけていました。次第に太くなり、床下の根が家の土台を持ち上げてきた時、父と初代管理人さんの意見は一致――樹を切らずに家をもっと高床に改造、ヴェランダも樹を自由にして凹字型に改造――家を樹に合わせたのです。

家の主の楢の樹に、毎夏私は触って挨拶します。「お久しぶり。この夏もよろしく」。帰京の時は「来夏またね。家を守ってね」と。

楢の樹では数年前に、珍しい経験をしました。札幌の北海学園大学で英文学の集中講義をしていた時です。大学が契約していたタクシー会社の運転手さんと親しくなりました。夏休みの集中講義中に、大学生だった娘が遊びに来ると言うと、「お嬢さんが初めて札幌に来るって？　それじゃわたしの休みの日に実家に案内させて下さいよ。是非」。

お互いに時間を作り、彼は奥さんと、自家用のランドローヴァーで大学に迎えに来ました。私の講義が終わるなり、彼の実家のある浜益に出発。札幌から車で二時間余り。

北海道の浜益は海辺の小さな町で、サクランボと海の幸が名物です。まず海と町が一望できる小高い丘に案内されました。「この楢の樹を見て下さい」。丘の頂上に三本の楢の大木がそびえ、中央の親樹は大人が四人で抱えるほど。両側の子樹は大人が二人で抱える太さです。大樹には何故かシメ縄がかかっていました。

「これは奇蹟の樹です」と運転手さん夫婦の説明をきくと——札幌に住むある人が、この樹の下によくスケッチに来ていた。でも末期癌にかかり、「あと三ケ月の命」と医者に宣告され、絶望しながらある日、この樹にお別れに来た。景色も見収めのつもりで楢の樹に寄りかかると、二時間以上も居眠りしてしまった。後日病院に行くと、医者が仰天した顔で「癌が消えてます。あなた何をしました？」本人もレントゲン写真を見比べるまでは信じられず「何もしませんでした。楢の樹に寄りかかって寝た以外は」――何とも不思議なことが起こったのです。

他にも同様のことが起こって、楢の樹の話は報道され、全国から病人がこの樹に触ったり、樹の葉を拾ったりしに来るようになったのです。「私も軽い蜘蛛膜下出血をやって危なかったのだけど、この樹のお蔭で治ったんです」と奥さんが言って、樹に手をあわせました。シメ縄の意味が、わかりました。私と娘も皆の健康を神に祈って樹に触り、病気の友人のお見舞いに葉を拾いました。気の良い運転手さん夫婦も手伝ってくれ、「樹を紹介」したことに満足して、海辺の実家へ。実家ではお兄さん一家に迎えられました。お兄さんも先頃まで運転手をしていたそうです。

「東京から日帰りで、楢の樹に大学受験の合格を頼みに来た学生さんを乗せましたよ」。医学部志望のその学生は、千歳空港から浜益に直行。楢に頼んだ後「入院中の叔母のため」と樹の葉を拾い、また空港に戻って帰京したとか。「叔母さん孝行の樹の葉集めは手伝いました。受験は実力だから樹頼みよりも努力だよって言ったけど、受かったかなあ。――受かったら、良い医者になって浜益に恩返しするって言ってくれたけど」。その間に運転手さんは海にもぐってウニをとり、お酒とお醤油で食べさせてくれました。「漁業組合の友人たちも、すぐ食べる分を二つ三つ取るくらいは怒らないからね」と。新鮮で美味しかったこと！　それにサクランボも。

夕食も海の幸。帰りは、手の届きそうな満天の星を見ながら、海辺を走りました。「浜益の男はね、好きな女に『空に梯子(はしご)をかけて、欲しい星をとってやるよ』って言う習慣があるんですよ」と奥さん。「良いわねえ。奥さんも御主人にそう言われた？」ときくと「ええ。『だから梯子を支えてろ』ってね」。車中は笑い声で満たされました。

浜益の人たちは、大事な友人、楢の樹が「知る人ぞ知る癒(いや)しの樹」であることを素直に喜びながら、冷静です。この樹の話にたいていの人は感心したけれど、世の常で、「偶然の積み重なりでは」という人も。でも神様の御業(みわざ)は人知の及ぶものではないことも確かでしょう。嬉しいのは、私の好きな楢の樹が人々に幸せを与えていることです。

「楢の樹さん、あなたの一族がね……」と、その夏私は、わが楢の樹に大喜びで報告をしたのです。

苦しみの道(ヴィア・ドロローザ)とアラブ人街

その日私は、エルサレムのホテルのカフェテラスで心楽しくコーヒーを飲んでいました。エルサレムで一週間開かれた国際婦人会議に招かれた時のこと。その日は午前中が自由時間。それ以外の自由時間は、イスラエルの友人たちと会う約束で詰まっていましたから、その時が唯一の「独り」の時間でした。この時間に、旧市街の「苦しみの道」――イエズス様が十字架を背負って歩かれた道――を、独りで辿(たど)ろうと心に決めていたのです。

「苦しみの道」は以前に二回（一回目はテレビ番組出演で、二回目は兄の『文化の旅』の助手兼通訳で）歩いています。二回目のこの機会に、「独りで」お祈りと共にイエズス様の足跡(そくせき)を辿る時間を、貴重に思っていました。

「コーヒーを飲みに行きませんか？」

不意に陽気な声（英語で）がして、見上げると可愛いアラブの少年。「コーヒーは飲んだのよ」

「じゃ、ジュースでも、アイスクリームでも。良い店を知ってるんです」と彼はメゲません。

「あなた、歳はいくつ？」「十八歳です」「私をいくつだと思う？」「僕と同じくらい――もっと歳下かな？」私は笑い出しました。当時私は四十一歳。日本人は大変若く見られるし、私も外国で二十歳は若く見られるのに馴れていましたが。

――声をかけられるのにも馴れた年齢でした。ヨーロッパでも、ギリシャやトルコでも。独りだと「コーヒー（お酒）でも」と誘われて、丁重に明確に断る方法も覚えました――でも、このあどけないアラブの少年には、余計なことを言いました。「おうちに帰って宿題をなさいな。私はたぶん、あなたのママと同じくらいの歳なの」「ウソだ！　ウソでしょ」「……」「ねえ、歳上でも良いから」「良い子でいないとお尻を叩きますよ」私は席を立ちました。

ホテルを出ると、また邪魔が入りました。「どこへ行くんですか？　僕、ガイドです。案内します」。底抜けに明るいアラブの青年が「これがガイドのライセンス」と証明書らしき物をチラッと見せました。「ガイドは結構よ」。断ってもついてきます。咎めるような私の視線に「邪魔はしません。困ったら声をかけて」「困っている原因はアナタ。邪魔なの」「はい」でも彼は古い修道院の前で待ち伏せし、鉄扉を開きながら、「ここ入れます。僕もクリスチャン。貴女の気持ちわかります」。私は結局、その修道院のおみ堂でお祈りしました。そして彼に数ドルのチップを上げて「苦しみの道を独りで辿りたいのだから、放っておいて」と頼みました。「こんなにお金貰えないや。僕、聖墳墓教会で寄付します。信じて！」。その後も彼は奉仕のつもりかついてきて「そこがイエズス様がよろけられた所」とか「手をつかれたところ」とか、囁(ささや)きました。十字架のゴルゴタの丘に建てられた聖墳墓教会で祈って出ると、彼が走って追いかけてきて言いました。「約束した寄付、してきましたよ！」（ちなみに、この教会にはキリスト教各派の多くの祭壇があり、公平にするため大昔から管理人はイスラム教のアラブ人だとか）。

どこまでが本当か、嘘か、わからないけれど、陽気で、ついこちらが笑ってしまうのは（特にエジプト系の）アラブ人の特質でしょう。以前に、イスラエルのダヤン将軍の娘さん（小説家）に会った時、彼女が言いました。「物乞(ものご)いを例にとると、ユダヤ人の物乞いは、ただのそれだけれど、アラブ人の物乞いは『絵』になる」と。「芸術性」を持つ、ということです。商売も、嘘さえも、芸術的に凝(こ)るのが、アラブ人の伝統かもしれません。お店に買物に行くと「芸術的」な駆け引きが楽しくて、イスラエルの友人たちもよく行くそうです。私も聖墳墓教会の後、カトリックの友人たちへのお土産を買いにアラブ人街に入りました。クリスチャン・アラブが多い街です。たちまち四方八方の店から誘いの声がかかります。私は太ったお爺さんが一人で番をしている店を選びました。

「良く来たね。娘(マイ・ドーター)や」と、お爺さんは歓迎してくれ、「紅茶をいれようね」——「エルサレム特産のオリーヴの実で作ったロザリオを、七、八本欲しいの。負けてね」（アラブ人の店で負けて貰うのは常識です）。「負けるとも。しかし」と彼は言いました。「品数が足りない。支店にとりに行ってくるから、紅茶を飲んで留守番をしておくれね。可愛い娘や（ディア・ドーター）」。店先で椅子に腰かけ、素敵なカップで美味しい紅茶を飲みながら、「お客が来たらどうしよう」と思いました。「留守番してるの？」細い道をへだてた向かいの店から声がかかりました。「お客が来たら、手伝うよ」。「有難う」。そのうち太ったお爺さんが汗をふきふき帰店。「娘や、支店には沢山あったぞ。もっと要らんかね」。結局、十二本ほど買って喜ばれ、楽しく帰りました。負けてくれた値段は、真面目（まじめ）なイスラエル人の店なら黙っていても「いくつもお買い上げなので」と値引きしてくれるのですが、その額よりも高い、つまり定価。楽しみ料でしょう。

初めてアラブ人の店に行ったのは、一回目のエルサレム訪問の時。日本で友人に「キャメル（らくだ）のバッグがあれば」と頼まれました。探し疲れて、最後に行った大きな店のアラブ青年は「ありますとも！」とバッグの山を抱えてきました。白と黒の短い毛の美しいバッグを彼はすすめました。「良いけど、これキャメル？」「違う。カーフ（仔牛）」「キャメルはないの？」「ない。けど、キャメルだと思えばキャメルだ。それで貴女の友人も、貴女も、僕も、みんな幸せ（エヴリボディ・イズ・ハッピイ）。幸せになろう！　ビー・ハッピィ・マイ・フレンド！」。大笑いして、私はそれを買い、友人も幸せでした。最初のその時以来、アラブ人街が懐かしくなったのです。いまはテロへの恐怖で客足が激減し、閉めている店が多いとか。

クリスチャン・アラブもいますが、アラブ諸国はイスラム教国。ユダヤ教から生まれたキリスト教もイスラム教も、神様がお創りになったわが身を殺す自殺を、禁じています。イスラム教は特にタブーには厳しいときました。以前に、私がイスラム教徒の役を頂いた時、芝居のクライマックスが「平和を訴えての焼身自殺」でした。——信仰への無礼を恐れて、スタッフと相談の末、いまのエジプト大使館（当時アラブ共和国）にお詫びに行ったことがあります。「この日本の劇作家は詩人の魂を持つ人で」と、言い訳した私に「詩人には浮き世離れした人が多いから」と、広報官は知的な笑顔でうけとめて下さいました。

その後、イスラエルとアラブ共和国（エジプト）両国の参事官に、それぞれインタヴューする役をテレビ番組で頼まれた時。どちらも率直で明快な回答だった印象があります。放映後、イスラエルの参事官夫人が言いました。「番組は成功ね。でも英子、アラブの人の方がイスラエル人みたいに見えて、うちの主人の顔の方がアラブ人に見えたわ。ねえ？」。

子どもと与えあう活力

「子どもたちを森につれてくると、目が輝くのです」。生徒をつれたフランスの小学校の先生が、ブローニュの森で、言ったそうです。「それで、できるだけ、つれてくるようにしています」。

森や自然に触れて「目が輝く」のは、大人も同じですが、子どもには、成長にも大きく影響するでしょう。自然は畏怖の念をもつべき存在であると同時に、エネルギーの源でもあります。

日本を含めて先進国の（経済や戦争など）様々な理由からの自然破壊は、発展途上国にも及び、地球を傷つけてきました。それは子どもたちのエネルギーを奪うことにつながってきた、という気がします。自然ぬきに健全な人間は育たないし、文化をも弱らせます。その意識をもつフランスの努力を羨（うらや）ましく思い、日本も学ぶべきところが多い、と思うのです。文化を尊び「インテリジェンス（教養）を大事に。美しいフランス語を大事に」する教育。伝統的に権威あるアカデミーで常に「使うべき」と「捨てるべき」フランス現代語を見直し、それが教育に及ぶお国柄です。小学校から古典の名作を暗誦（あんしょう）させ「美しいせりふ」を上演する劇場へつれてゆく。厳しいので有名なバカロレア（大学入学資格試験）の記述問題に「死について記せ」などというのが出る――解答者の教養がわかるわけです。試験官の方にも大いに教養が必要です。教養を大事にする国だからこそ、できることでしょう。教養とは、人生観、美意識の豊かさのこと、と教わりました。知識はそのために必要だと。いまの日本のように、知識をマニュアル化することばかり重視していては、教養は育ちにくい。教養が貧しいと、豊かな人生観を持つ、心豊かな視点が育ちにくいでしょう。

近年、「あなたの知っている日本人は誰？」とアメリカやフランスで、通行人にマイクをつきつけているテレビを観ました。アメリカではミュージシャンやデザイナー。イチローたちが活躍する前で、野球の「王」など。フランスでは、ケンゾーや三宅一生もありましたが、若者でも「北斎」「歌麿」そして「藤田」を始め芸術家が多いのに感心しました。ツグジ・レオナルド・フジタの名で知られるパリ派の藤田画伯は馴染み深いのでしょう。「フジタの絵を寝室に飾るのが一生の夢なんだ」と言ったフランス人の答えが印象的でした。日本で「ホクサイって誰だっけ？フジタ・ツグジ？　何する人ですかあ？」という若者が増えて、驚いていた頃なので、フランスが改めて羨ましくなったのです。

フランス以外に、自国の文化や教養・自然を大事に教育しているのは、私の知る限り、英国とドイツです。英国でも小学生の時から名詩やシェイクスピアのせりふを暗誦させています。すぐれた文学は、人生や人間の真実を教える言葉に満ちていますから、美しい言葉を覚えながら、教養が身につきます。

先輩の英文学者からきいた羨ましいエピソードがあります。ＢＢＣ（英国国営放送）テレビが、ある小学校の名校長の引退にあたって特別番組を作った。最終シーンは校長が校門にむかって去ってゆく後ろ姿。それにかぶさるナレーションは「彼は、生徒たちにとって、ソクラテスであり、サー・ローレンス・オリヴィエであり、そしてジーザス・クライストでさえあったのです」。——生徒にとって、偉大な学者であり、美しい言葉を教える名優であり、そして信仰の輝きであった、という意味でしょう。イエズス様のお名前まで出すほどで、最高の賛辞です。よほど良い先生だったと察しられます。

羨ましいのは、ナレーションがさりげなく示す粋な「文化度」と「教養」の高さです。BBCでは当たり前のようですが、わが日本のテレビでは、当たり前ではありませんから。

むしろ、いまほどテレビが普及する前、ラジオが主の時代には、日本もまだ教養高かったような記憶があります。日本はいつから「教養」を嫌う国になったのでしょうか。私の友人で『源氏物語』を全巻英訳した日本文学者のサイデンステッカー氏は、大の日本びいきです（氏は母上がアイルランド系で、カトリックです）。その氏が近年しきりに嘆いて「日本文化をダメにしているのはテレビですよお」と言います。

視聴率をあげるためとかで、大衆を侮りつつ媚びた結果「悪貨が良貨を駆逐した結果」というわけです。それにテレビは日本語をダメにする先端を切っています。アナウンサーにまで、まともな日本語が話せない人がいるし、良心的な番組の方が控え目に見えます。その間に、敏感な若者たちのテレビ離れが進んでいるようですが。

公立の教育機関でも、子どもたちをテレビの視聴率なみに扱っているらしい節が見られます。平均化とマニュアル化と妙に物わかりよくみせる姿勢。それが、かえって子どもたちを苛立たせ、多くの子を学校嫌いにしているようですが。子どもたちは皆、白紙のように真白な状態で生まれてきます。そして愛情と本当の信念に敏感です。素直ですから、最初は、愛や信念のない大人たちにもついて来ようとして、段々に混乱してしまうのです。子どもたちをダメにするのは、大人の責任です。

「子どもは大人のエネルギーを奪う」といわれます。私も子どもたちを得て、一旦（いったん）は「なるほど」と思いましたが、すぐに「子どもは奪うようでいて、大人に与えてくれる」のだと気付きました。子どものエネルギー発散は刺激的なので、面倒を見る側としては、奪われている気になります。でも彼らの活力は、基本的に、愛情を与えあうこと、と、知的好奇心を満たすこと、にむいています。その姿に誠実にむきあうことは、大人の心身を活性化してくれるのだと気付いたのです。幼稚園や小学校の、皆が恩師と仰ぐ方々がいつまでもお若いのはそのためかもしれません。

子どもをウルサがり、理解せず支配しようとして、実は子どもを拒否すると、「大人は子どものエネルギーを奪い、その上、自分も疲れる」のでしょう。いまの日本では、多くの子どもたちが活力を奪われ、傷ついています。

「日本は子どもの天国。愛され、礼儀正しく、安定している」と維新前後に来日した西洋人が書いたことがあります。欧米の医学界がかつて「日本式家族主義の子育て」をお手本にしようとしたこともあります。——子どもたちと良き活力を与えあうためにも、私たちには学ぶべきことが山積しているようです。

第六章　二〇〇二年

教育里子に教えられて

私にはフィリッピンに可愛(かわい)い教育里子たちがいます。

「親愛(ディア)なるおばちゃま(アーンティ)」という書き出しで、折に触れて手紙をくれた、最初の里子。日本同様に六年制の小学校を出たばかりの、十二歳の彼を写真で見ると、賢そうな大きな目をした、あどけない、実に可愛い子でした。

フィリッピンでは、義務教育の小学校の次に、四年制のハイスクールがあります。その次が、四年制の大学（ただし、工科は五年。医科は四年の後、さらに五年で、合計九年）。ハイスクール以上は費用がかかるので、勉強を続けたくても費用が支払えない子のために、教育里親のシステムができたのです。費用は、ハイスクールが年間（日本円で）三万円。大学が五万円。日本とは桁(けた)が違います。でも若いサラリーマンの月給が五千円前後とききましたから、日本に比べて子どもの数の多いフィリッピンの家庭にとっては、決して安くはないし、まして貧しい家庭では高嶺(たかね)の花でしょう。

私が参加した教育里親の会をお始めになった西本至神父様に、私はたまたま十年ほど前にお会いする機会がありました。貧しい人の多いフィリッピンに滞在するうちに「何かできることは」と考えた挙句の活動の一つだったそうです。東京の高輪教会に「サラマッポ（現地語で〝ありがとう〟の意味）会」の事務所を設けて、活動をお始めになっていました。教育は根気の要る仕事です。一時的な募金に寄付するのと違って、たとえ年間額が安価でも、子どもが卒業するまで経済的責任を負わなければ、無責任になります。当時、私の娘はまだ中学生、息子は小学生で、主人は病没後。わが子二人の教育責任は私独りの肩にかかっていました。めまぐるしく考えながら私は、でも「里親になろう」とすぐ決心しました。教育費が高い、といわれる日本で、わが子二人が幸せな学校生活を送っているのですから、神様に感謝の気持ちで、それくらいするのは当たり前、と思ったのです。毎年の三万、五万の費用は、何かガマンすれば捻出できる、と持ち前の楽天性も、私の気持ちに味方しました（娘の通う四谷の雙葉学園ではクラスで一人、里子を持ったときききました）。

そして、十二歳の里子が次々と書いてくる手紙に、私は感動しながら、驚きもしました。——手紙のやりとりはもちろん、英語です——「神様と、優しいおばちゃまのお陰で、僕は勉強ができることを、どんなに感謝しているかしれません」という意味の言葉が、どの手紙にも必ず、書いてあるのです。それは「里親には感謝しなさい」と人に言われたから、という社交辞令でなく、心からの気持ちに溢れていて、目頭が熱くなりました。手紙の内容は、学校生活を中心とした近況報告です。成績は、会の方から学期末ごとに報告がありますが、それ以外に本人も一所懸命、報告してきます。その子の全学科の平均点は、九十八点ぐらい。クラスでトップの秀才でした。

ハイスクールの卒業が近付いた頃、私は彼の手紙に目を見張りました。「僕は、神様とおばちゃまに与えられたお恵みを、僕よりも恵まれない人たちに分け与えたいのです。そのためには何をすれば良いか、ずっと考えてきましたが、神父になることで、それが実現できないかと思うようになりました。賛成して下さるでしょうか」というものでした。そのためには神学校（大学）に入る必要があるので、遠慮がちに書いたようです（私が無理なら他の里親を探さなければならないでしょう）。私はすぐ、会に手続きをしました。送られてきた彼の写真を見て、私は二度びっくり、でした。あのあどけなかった少年が、賢そうなのは変わらないけれど、精悍な、思慮深い顔つきに変わっていたからです。「この子はきっと良い神父様になる」と思いました。神学校は寄宿制度だし、以前と打って変わって厳しい毎日だったようです。「実践体験」という教育があって、貧しい地域での奉仕活動があり、彼は心身共にクタクタになって、「試験勉強には体力はギリギリです。神様の御加護とおばちゃまの愛で、何とか乗り切ります」と悲愴な手紙が続きました。それでも成績は落ちませんでした。「あなたを誇りにします」と、私は手紙にアンダーラインをつけて書きました。

そしてわが子たちや、入学式で話を頼まれた時など日本の大学生たちに、彼の話をして、彼の「感謝と目的への努力」を、「謙虚な姿勢」を、「見習って」と言ったものです。

「あの子に会いたいな」と、彼の卒業後、私は思うようになりました。機会はありました。「サラマッポ会」は、フィリッピンで、里親、里子の交流会を定期的に行っていましたから。私が参加できなかったにすぎません。手紙（在学中だけやりとりする）はすべて会が仲介するので、彼がいまどこにいるのかも、会をわずらわせればわかるのかもしれません。でもいつか、あの子に会える、と私は例の楽天性で信じています。たぶん、立派な神父様になった後ででも。

いま、私には、二人目の里子がいます。彼も成績の良い子です。写真を見ると、ふっくらした頰にソバカスがあるようなタイプで、手紙には大きな字で「親愛なるママ」と書いてきます。長男よりも甘えん坊のようですが、やはり勉強ができることへの感謝に満ちていて、将来が楽しみです。私の最大の欠点の一つが、忙しいと気楽に手紙を書けないことです。日本語でも英語でも。結果として筆不精になるので、国内の友人には、（日本人にも外国人にも）それが続くと電話してしまいます。でも里子は外国にいる上に、前述のように手紙も会を通じてのやりとりなので、住所も電話番号も知らないし、本人にジカに電話するわけにはゆきません。可愛い里子に淋(さび)しい思いをさせてしまったことを反省してきましたが、昨年の暮れに猛反省をしました。お詫びの手紙を書きながら、今年からはこの欠点を改めようと決心を固めたところです。

いま、不況の嵐の中で、日本でも高校中退者や進学を諦めた子が増えたときいて、心が痛みます。一方で「卒業証書」を手に入れるためだけに、勉強嫌いなのに大学に入って、遊んでいる子も多いのです。「神様は誰にでも、その人だけが持つ才能を、与えて下さっている」というカトリックの考えが、私は大好きで、誰かを励ます時に引用しています。この考えがもっと普及すれば、日本人も「大学入学が人生目的」という妙な呪縛から解放されて、才能をのばす方に目を向けるだろうに、と思うのです。そして私は、私にも少し協力できる、純粋な「教育里子」を改めて大事に思っています。

「神様が何とかして下さる」とは

このたび、聖パウロ修道会の創立者、ヤコブ・アルベリオーネ神父様が、マザー・テレサと共に「福者」にあげられると伺いました。心からお慶び申し上げます。

神父様もマザーも、存命中から人々の間では、何世紀に一人現れるかどうかの「聖人」「聖女」

との認識が強かった方々です。神様のため、人々のために偉大な仕事をなしとげた聖人には、興味深い共通点があると思いました。神様にすべてをゆだねた上での超人的な努力と、困難への楽天性。神様のお望みへの感度の鋭さと、社会や人々の不幸への想像力の豊かさ。人々を惹きつける磁力と、人々に与えるエネルギー、等々です。私は大変幸いなことにマザー・テレサには一度お会いできて、その手の温かみに触れ、お話もできたので、あの、こちらの全身が包まれる愛と生命のエネルギー、しびれるような解放感を、いまも思い出すことができます。アルベリオーネ神父様も同質の方だったのでしょう。

楽天性というのは「神様への信頼」。周りの人々が心配しても「神様が何とかして下さる」と信じながら、捨て身の努力を重ねていると、不思議なほど何とかなるのです。マザー・テレサがカルカッタで十ルピー（当時の五百円ぐらい）だけ持って、極貧の人々の中に身を投じて活動を始めたことは有名です。それまでは修道院の経営する女子校の、たしか校長だった時、長上の許しを得た上での行動だったとききます。後にマザーがガタガタの古い車で活動していることを知って、教皇様が新しいキャデラックのワゴン車を贈って下さった時。大喜びしたマザーがこの「神様のお恵み」を、インドの富裕階級に競売にかけ、落札したお金で「ハンセン氏病人の施設」を建てたことも有名です。俗世間でのノーベル平和賞を「極貧代表として」と受けた時、祝賀パーティを辞退して、「その分のお金を極貧の人たちに下さい」と言ったことも。

俗人を驚かせたり微笑ませたりする、こうした信念の行動は、アルベリオーネ神父様の伝記にも随所に見られます。簡単なエピソードで微笑ましかったのは、第一次世界大戦中「骨と皮」だけのひよわなアルベリオーネ神父様が兵役を免除された時。兵舎に使われた神学校に兵士と同居。神父様に部屋やベッドを譲られて感動した青年将校の母親（伯爵夫人）が、廊下などの隅で寝ている神父様に、上等のマットを寄付。それを神父様はすぐ若い志願者に譲り、再び寄付されると同じことの繰り返し。ついに伯爵夫人が「今度のは寄付でなく貸して上げるので、いつでも取り返しに来ますから神父様がお使い下さい」と脅迫。神父様は仕方なく自分も使うことにした、という「善意の根くらべ」の話があります。

また、聖パウロ修道会創立後、清貧の生活の中で、食べ盛りの青少年志願者も抱え、皆の食事に気を遣う神父様は、ある日、鶏の係のシスターに卵はいくつあるかと訊ねた。数個しか産んでいないときかされた神父様は「雌鶏に卵を減らすなと言ってきかせなさい」——忠実なシスターは、雌鶏たちに説教。神父様の言うことをきかないと「鍋の中で煮てしまう」と脅かした。晩には卵がカゴ一杯になり、神父様は満足して「これで皆の間に合う。神様に感謝しに行きなさい」と言った話。こうした楽しいエピソードは「聖人」が身近に感じられて嬉しくなります。

アルベリオーネ神父様は一八八四年に北イタリアに生まれ、初めてのマス・メディアによる宣教を使命として三十歳の時に聖パウロ修道会を創立。一九七一年に八十七歳で帰天。それまでに五つの修道会、四つの在俗会、三十五ヶ国に九千人の会員を持つまでになったということです。――「家庭の友」の母体の聖パウロ修道会と、お馴染みの聖パウロ女子修道会が含まれていることはいうまでもありません。小学校に入った六歳の時に、将来何になりたいかと先生にきかれて、八十人の中でただ一人「司祭になります」と答えた、と伝記にあります。農業を営む敬虔なカトリック信者の両親の五男として生まれ、「この子は育たないだろう」と言われたひよわな子どもが、神様と人々の役に立とうとした決心に、神様は八十七年の寿命をお与えになったのです。十六歳で神学校に入った時から、マス・メディアによる使徒になろうと決意したということです。現代でこそ当たり前に受けとめられる活動ですが、世に先駆ける人の常で、初めは神父様が印刷業をすることなど、世人に理解されにくかったのです。印刷機械を手に入れることから始めた、血の滲むような努力には、どの伝記を読んでも胸が熱くなります。

神父様は、祈り、勉学、教育、司牧、印刷、それらのための家（修道会）を作ること、その他、超人的な量のお働きを、終生ひよわだったお身体でなしとげられたと聞きます。

印刷を中心とするメディアを道具とすることは、すでに出版物が大衆化された二十世紀あけには、福音宣教のためにも大事なことだったでしょう。もう一つ、社会を悪い方向に導く出版物やメディアの報道の「悪」に対抗する必要があったということです。アルベリオーネ神父様が活動をお始めになったのは、第一次世界大戦前のことです。神父様より十歳下のコルベ神父様が、ポーランドで「聖母の騎士会」を作る決意をなさったのが第二次世界大戦前。象徴的に思えます。コルベ神父様は「悪」に対して「ペンで立ち向かう騎士」の意味もこめて修道会の名をつけられたそうです。

——コルベ神父様は、敗戦後の日本で活躍し、皆に親しまれたゼノ修道士様を含む会員をつれて来日。一旦ポーランドに帰国後、ナチスの強制収容所に送られました。そこで飢餓室で死刑と決められた若い父親の身代わりを申し出て、飢餓室の十人ほどを安らかに死なせた後での殉教を、結核の身でなしとげ、近年聖人にあげられたのは、記憶に新しいところです——並はずれて身体が弱いのに超人的な偉業をなしとげられた点でも、二人の神父様には共通点が見られます。

十九世紀末から二十世紀初頭にかけての社会変動と不安にむけて、時の教皇レオ十三世も特別のお祈りを捧げられたそうです。若き日のアルベリオーネ神父様は、それを敏感に受けとめた、ということです。それからほぼ百年。世紀末と新世紀の変動の時代を迎えて、政情不安と戦争の予感など似た情況のいま（の方が破壊力は恐ろしいと思いますが）、アルベリオーネ神父様の信念の貴重さを改めて考える時に思えます。

偶然と必然

何か起こって慌てたけれど、それがその後良いことにつながった――こんな経験は誰にもあるでしょう。

私は最近、そうした経験ばかりが続いているように思います。神様に感謝しつつ、人生の日々の出来事は、まるでロザリオの珠のように必然的につながっていると感じています。

例えば。先月、床下の白蟻チェックの専門家がやってきました。数年前の異常湿気の年に、運悪くわが家の水道管が破裂し、水はけが悪くて白蟻が一時的に出たことがあったのです。その時は、偶然に白蟻駆除の会社の人が訪ねてきてそれを発見。徹底的に駆除と予防対策を施してくれました。先月は数年ぶりのフォローでしたが、床下に新しい薬品を注入し直しで、思いがけない出費で慌てました。でも。良心的な技術屋さんが床下を点検中、塚柱のズレと流しの床板が水浸しなのを発見。「補修して流しの床板が乾いた頃、そこの薬品注入にきます」と言ってくれました。そこへ。近所で下水管が詰まったための清掃作業がありました。「何軒かで頼むと割安になるがいかが」と言われて誘いに乗りました。これまた良心的な技術屋さんは、前述の台所の水漏れの原因を発見。さらに床下にもぐって点検中、他の塚柱のズレも発見。水漏れを止め、すぐに色々直してくれることになり、ホッと一安心です。——白蟻予防から、水漏れ、塚柱のズレまで連鎖的に一度にわかり、大事（おおごと）になる前に解決できて、神様に感謝でした。

また例えば。昨夏、私が受け持つ文化講座の受講者たちを率いて京都へ「文化の旅」に出掛けた時のこと。往きの新幹線の中でカツサンドを食べていたら、前歯近くの継ぎ歯がはずれて慌てました。少しのあき時間に、ホテルのフロントの紹介で、歯科にとびこんだのです。「この歯はもう根本が割れてぐらついていますね」と先生。実は東京の歯科医にも同じことを言われ「今度はずれたら根を抜くしかない」と言われていました。私は「でも旅行中だけでも保（も）たせて頂けませんか」と初対面の京都の先生に無理を言い、先生は唸（うな）りながら、限られた時間内で何とかして下さいました。先生の技術は素晴らしくて、四日間の旅行中無事だった上に、帰京後もしばらく保ちました（その後、ついに根を抜きました）。

親切な京都の先生は、私の帰京後の謝辞に応えて手紙を下さり、私も経過報告などで文通しあいました。筆不精でつい電話に頼る私としては珍しいことです。責任感の強さ。東京の今の歯科医に遠慮しつつ、こちらの気持ちに負担をかけないように心配して下さる暖かいお人柄にも感じ入りました。医院の待合室に「当院の方針」の張り紙がありましたが「歯は安楽歯（し）するまで保たせます」というのが印象的でした。

そしてこの三月の春休み。――私は以前からの何本かの抜歯の後、歯のかみあわせが狂ったための痛みに悩んできました。現在の東京の近所の歯科医には「かみあわせ調整は私の専門ではないので。他を御紹介はできますが」と言われていました。娘と息子も、何本も虫歯を抱えながら「痛い目にあうのはイヤだ」と歯科からはなるべく逃げていました。――「春休みに、京都の先生の所に皆で行きましょうよ。その合間にお寺を見たりしましょうよ」と娘が言い出したのです。

娘は神戸に仕事（舞台）で行くことになったので、その帰りに京都で私と息子に落ちあえば良い、という訳です。幸い私も息子も調節のきく期間で、京都の先生に御都合を伺うと快諾。懇意のホテルが融通がきくからと、希望の三泊を予約までして下さいました。その上、打ち合わせの電話で、私たちの予定と希望をきいて、治療予定をたてて下さいました。例えば、一日目は診療。二日目は、私たちが親しいお寺に挨拶に行ったり、友人とすごす日。三日目はお寺見物の後、治療。四日目は休診日だけれど、午前中治療して、午後は先生も自由なので、「あけておきますからお帰りまでどこか御案内しましょ」と。

実はもう少し大雑把な予定でした。でも一日目にホテルで丁重に迎えられ、すぐに医院に直行した時。娘と息子の歯を診た先生は、予想外にひどい虫歯に仰天。「思っていたより大変ですワ」

と私の所まで走って報告においでてでした。娘も息子も矯正をしたため（特に娘は矯正用ハリガネをはめて）ややこしい虫歯ができたのです。それで治療日程が（慎重な先生がまさかの予備にした）休診日に食いこんだようです。お蔭様で二人共、普通は麻酔注射をされる場所も、麻酔なし。しかもほとんど痛みもなく素晴らしい治療をされて感激していました。

私のかみあわせの悩みもすぐ解消しました。先生の恩師はアメリカの大学中心に国際的に活躍され、東京に国際デンタルアカデミーを開校。宮様方の主治医とか。かみあわせでも第一人者で、愛弟子の先生は「日本の歯科では、いまだにかみあわせを大事にしない所が多いですねえ」と嘆きながら、私の歯を調整。痛みも恐怖心も嘘のように消えました。加えて、前歯までキレイに揃えて、口許を若返らせて下さったのです。

医院で驚いたのは、予約制の患者さんがひきもきらない盛況ぶり。並んだ診療台を効率良く駆け廻る先生の集中力の凄さ。たいていは歯科の待合室に坐る人は「恐怖で不機嫌」な顔付きですが、先生の所では皆、機嫌が良いのです。きけば、日本中から患者さんが来るそうで、先日は東北からも来た由。私たちは京都の友人から「東京に歯科が無いんで京都まで来はった」とからかわれましたが、私たちが特に変わったことをした訳でもなさそうです。治療は超一流なのに、治療費は患者さん思いの控え目ですし。

京都の一日目は息子の誕生日でした。夕食に先生をお誘いすると、逆に先生が、ひいきの店で祝って下さいました。最終日の休診日は、午前中仕上げの治療後、お昼を御馳走の上、夕方の帰京時間まで、娘と息子の希望した嵐山と嵯峨へお寺見物とドライヴに。京都駅まで送られて、恩返しはどうしよう、と思いました。私からは、息子の誕生祝いのお返しに一晩、必死でお誘いできただけでしたから。

先生は明るくて大声の方で、診療中話しかけが多いのですが、くり返されたのが「お宅が近ければねえ」。口を開けた私は「どうふぁん（同感）です」。でも今後、京都に行く目的と楽しみがふえました。昨夏、新幹線の中でカツサンドを食べなければ無かったかもしれないめぐり逢い。紹介してくれたホテルには、今回泊まらなかったので、せめて買物やお茶に行きました。——神様に感謝しつつ、私たちが偶然と思うのは神様の必然なのだ、という思いをかみしめています。

桜によせて

清水へ祇園（ぎおん）をよぎる桜月夜
今宵（こよい）逢う人みなうつくしき

与謝野晶子のこの歌を、桜の花を見ると思い出します。

満開の桜に見とれる人たち、桜のトンネルをうっとりと見上げながら歩く人たちの表情は、みな優しくて、うつくしいと思います。

わが家のすぐそばにある庭園にも桜が多いけれど、そのまたそばの川沿いの公園は、近年、桜の名所になりました。川の両岸に植えられた桜は二キロ以上続き、川を桜のトンネルにしてしまいます。桜の季節になると川沿いに提灯をさげ、夜はそれに灯をともし、花もライトアップします。夕方には早くもホロ酔い加減になって「一緒に一杯やって行きませんかあ」と、私たちが通りかかると声をかけてくる人たちもいます。午後から桟敷を拡げた典型的な花見の宴。見知らぬ人たちですが、人懐っこいので心動きます。そんな時私はいつも子連れで、後の時間がつかえていて、誘いに乗ったことはありません。「残念ですけど」と、にこにこお断りしました。でも亡き主人は生前、会社の帰りが早かった時など、手まで引張られたので「少しだけ」一緒に坐りこみ、盃を受けたと、笑いながら帰宅したこともありました。桜の下では、みな上機嫌になるようです。家族連れにあうと、子どもたちもみな、のびのびと嬉しそうです。子どもたちにとっては、まず両親が機嫌が良くて優しいからだと見受けられます。

そんな花見でも、酔っ払いすぎたり、ゴミを放置して帰ってしまう、ハタ迷惑な人もいるようです。きっと、花の美を見る余裕のない不幸な人たちなのでしょう。余裕のない不幸な気持ちに陥ることは、私たちは誰しもあります。そんな時こそ、無心に咲く花に、目をむけようとすることで心に余裕の芽が生まれるのに、と思います。花の下のハタ迷惑は、少しずつ減ってきた、と清掃に携わる人が言うのをききました。ただし「不景気の影響もあるかも知れない」とも言われて、単純には喜べないようです。現実の厳しさをも、花は映し出しています。

前述の、与謝野晶子の歌は、心のときめきと幸福感を伝えてきます。「桜は春のよみがえりと生命の象徴とされる」と、以前、狂言の野村万之丞氏にきいたことがあります。「それで昔から、トランスジェンダー（男女の性を超えて）の祝祭になり、男が女装したり、女が男装したりして踊り、生命の躍動感を表した」と。桜は、生命の神秘を秘めた、春の不思議な魔力さえ、映し出してきたようです。

自然のリズムに敏感だった私の母は、毎年の桜を楽しみにし、お花見が大好きでした。父の存命中は父母を、父亡き後は母を、私と主人とで誘い出しました。主人亡き後は、私と子どもたちとで。――母の好きなコースは、江戸情緒を偲ばせる隅田川うちの言問橋や長命寺で、言問団子や桜餅を手に入れての散策と、上野の山。それに、英国大使館、靖国神社、千鳥ヶ淵と続く内濠まわり。また、赤坂の弁慶橋から四谷、市谷と続く外濠まわり。……主に、そんなコースをドライヴして、処々で車を降りて歩くのが、母は好きでした。そして少女の頃、祖父と散策した思い出などを語ってくれたものです。その母が「私の夢はね、桜の下に緋毛氈を敷いて、真ん中に一升ビンを置いて、呑めや歌えや、とお酒盛りをすることなのよ」と言って、私たちを驚かせました。そんな好みがあったとは知らず「何て可愛い夢なの。すぐ叶えて上げられるわ」と私が言うと、母は決まって「ダメよ。恥ずかしいわよ」と反対するのでした。母もやっぱり明治生まれの武家の女なのだな、と妙に感心したものでした。

私は、子どもたちが幼かった頃は、お弁当を作って重箱に詰め、すぐそばの庭園で真盛りの沢山の桜の下で、お昼ごはんを食べたことが何度かあります。子どもたちが小さい時期だったから、気軽に持てた時間ですが、そんな時にも母を誘いました。

桜の花を見ると元気になる母を、高齢になってからも毎年、私はお花見のドライヴにつれ出しました。この習慣は、亡くなる前の母が、ついに寝たきりになるまで、続けました。

そんな私の習慣につきあってきた娘と息子は、桜の季節になるとソワソワして、「今年はいつ家中でお花見する？」と言います。娘が車の免許をとってからは、いつも娘の運転で出掛けます。祖母亡き後は、母親の私に、自分たちがサーヴィスするもの、と心得たようです。

私は誕生日が春で、ちょうど桜の満開の前にあたります。六十歳をすぎて体力に自信を失ってきた私が「もう、としだあ」と言うせいか、今年の誕生日を迎える時、子どもたちは涙ぐましいほど、気をつかってくれました。白髪を見付け次第、敵意をこめて抜く私に、「抜くのは髪に悪いから、染めましょうよ」と言って、二人がかりでカラーリングからシャンプーまで大騒ぎ。誕生日には、自分たちがアルバイトで稼いだお金で、私の好きなレストランを予約して祝ってくれました。お花見も早くに計画。当日は、私も子どもたち好みのお弁当を作ったり、桜の良く見えるケーキのお店に誘ったり、と張り切りました。

お花見のコースは、私が母を車でつれまわったのと同じコース。そのうちに日が暮れて、千鳥ヶ淵あたりからは夜桜を眺めることになるのも同じ。大声の家族なので「見て、見て。何て綺麗でしょう！」と連発しながらの感動。幸せな余韻の中で「としをとってゆくのも悪くない」ような気がしてきました。

そして生命の継続、心の継続を信じると、潔い花の散り際に悲哀よりも美しさを感じ、皆の好きな、あの西行の歌のつきぬけた明るささもわかるような気がします。

願わくば　花の下にて春死なむ
その如月の望月のころ

懐かしき江戸

江戸下町の象徴、浅草はおもしろくて懐かしい街です。

夏の浴衣用に、お祭り草履を見ていた時。赤い鼻緒なのに大きな草履を見て「これ随分大きいのねえ」と言うと、お店の粋な小父さんが「そんなの履くなあ、人間じゃねえ」。思わず笑いながら「でも売り物でしょ？」「ああ。毛唐がね。足、大きいからねえ」――毛唐などと、昔の言葉もポンポン出てきます。西洋人を指すこの俗語は、失礼だからと近年は使われません。この人は昔からの言い廻しを、他意なく使っているにすぎませんが。

他意がないといえば、娘の運転で雷門に出るつもりで曲がる道を間違えてしまった時。地元の若い衆に道をきいたら、懇切丁寧に教えてくれたあげく、「心配んなってきたから、乗せてって貰うかな？」いえ、いえ、大丈夫よ、と恐縮したくらいです。ふつうならお節介すぎる申し出で、浅草ならではの親切でしょう。西の出身のたいへん愛想の良い友人が、道をきこうと浅草で年配の人に話しかけたら「何ですぃ？」とぶっきらぼうに返事されて「おお恐わ」と思った。目的地を言うと「そっちへ行くところでござんすから御一緒しましょっ」と案内してくれ、別れてホッとした、と言いました。

比較において、ぶっきらぼうで、根はたいそう親切なのが江戸ッ子です。加えて、ヤセ我慢があります。「この人、大丈夫かねえ」と心配して、自分の行く方面と逆でも「そっちへ行くところ」と言って案内するのです。このヤセ我慢は、相手の気持ちに負担をかけたくないのと、大仰に感謝されたくない照れのためもあり、態度はぶっきらぼうのまま。この気質が、愛想の良い西の人にはわかりにくいようです。前述の友人も、私の説明に「ふうん」と複雑な表情でした。でも。照れ性のために無愛想だけれど、深い愛情がある、という人物は、かつてカトリックの神父様たちが主役の名画「我が道を往く」の中で見事に描かれていました。アイルランド人の頑固な老神父様がその人物です。相手の神父様（ビング・クロスビー主演）も丁々発止と、ヤセ我慢で対応していました。すばらしい神父様や修道士様が、私たちのために身を粉にして偉業をなしとげても「別に何も」という態度なのは、カトリックの信念でしょう。俗世間での「なあに、何もしちゃいねえ」と照れる、昔風の江戸ッ子気質は、カトリック的な隠れた善行を窺い知るためにも、良き文化だと思います。近年、この気質の人が減りましたが。

さりげない人情。浅草では、舞台で使う日本の伝統的小物も手に入ります。『卒塔婆小町』（三島由紀夫『近代能楽集』）を演じた時。演出の野村萬氏が「老婆の時の履物は『こじきわらじ』

にして下さい」。仲見世を歩くと「あった!」店の軒先に当たり前のようにぶら下げられたわらじ。私が喜ぶのを見た店の若旦那らしき人は「他にも芝居に何か要るなら、一筋向こうの○○屋さんにも色々ありますさあね」。○○屋さんはチェーン店ではなく、似たような品物を扱う他人のお店のようでした。「人情だあねえ」と、心温まる思いでした。

浅草に来ると嬉しくなるのは、私の中の江戸ッ子の血のせいもあるでしょう。父方が代々、日本橋に居を構え、私が十八代目、歴史的には武田信玄の四天王、高坂弾正にさかのぼります。長篠の戦いで信長に負けたので、高坂の孫は飛地（別荘）に逃がされ、安全のため親戚の村松姓を名乗る。後に長崎で蘭学（医学）を修めて江戸で開業。代々将軍の御典医に。

——祖父の母（曾祖母）は、直参旗本五千石の娘で、祖父を産んですぐ亡くなり、その姪の直参旗本三千石の娘が後妻に。この姪は、天璋院様の御祐筆（天璋院とは将軍の側室で、御祐筆とは文筆が巧みなので代筆したりの秘書的な人、のことらしい）だった。——このヒチメンドクサイ話が、驚いたことに、漱石の『吾輩は猫である』に出てきます。吾輩猫に、隣に住む気取った雌猫が「私の主人はお家柄で、（と天璋院の御祐筆の話をして）その妹の御嫁に行った先の御っ母さんの甥の娘」だと威張ります。名前は出てこないけれど、天璋院の御祐筆は一人だそうで、少なくとも「漱石は（うちの曾祖母の話を）知っていた」ことになります。私の兄が面白がってその「隣の人」を探したけれど、わからなかったそうです。私の父は次男で、医学者として大学に残り、山ノ手育ちの母と結婚。住んだのも山ノ手です。日本橋で開業医を続けた伯父と母とには、主に言葉のカルチャーギャップが生じたようです。祖母も山ノ手育ちでしたが、祖父に嫁いで江戸弁になり「ノテのヤボ」(山ノ手は野暮)という言い廻しまで口にしていました。父は芝白金(今の白金台)にあった祖母の実家の曾祖父母に長期間、預けられたので山ノ手と江戸前の両方がわかる人でした。母は、私には山ノ手言葉以外を話すことを禁じました。でも村松家でただひとりの女の子だった私は、祖父母と伯父一家から溺愛され、山ノ手言葉と江戸弁の両方に馴染んで育ったのです。ヒとシが入れ替わるのも江戸弁の特徴です。七をヒチ、敷くをヒク、火鉢をシバチ、等々。タクシーで「シビヤ(日比谷)まで」と言ったため、渋谷につれて行かれた話はよくききました。私も「お蒲団をヒク」と、いまでも言ってしまいます。

山ノ手言葉は「遊ばせ」言葉で、丁寧で、比較的ゆっくりです。江戸弁は気短にはしょりま す。丁寧な時は「あなたさま」ですが「あんたさん」に縮まり、歳下には「おまえさん」になる。「ございます」が「ござんす」「あんす」に縮まるのは、山ノ手にも影響したようです。縮めても「……しなさい」を「……しな」と言うのは、日本橋の家でも禁じていました。「日本橋と川向う(浅草も含めて)とじゃ、言葉も違わぁな」と伯父は言っていました。余り細かいことまでは、私にはわかりませんが。いずれも、共通語が幅をきかすいまは、地方弁の一つです。

祖先の土地には「村松町」の名がつき、バス停にもなりました。大分前の区画整理で消えた町名です。「消えゆく町名」を朝日新聞と東京新聞が掲載した時、私は両紙の取材でバス停跡で写真をとられた経験があります。昔の面影(おもかげ)もない有様で、私にはすでに他人事ですが。「お庭医者」と呼ばれた祖先の庭には能舞台もあって、人々が散策に来るので、無料でゆで小豆を供した由。伯父が若い頃、吉原に行ったら、昔の「御恩返し」だと店の主人がゆで小豆を出してくれたそうです。「もっと色々きいとくんだった」と伯父亡き後、思いました。

江戸は昔からの江戸下町と山ノ手ですが、どちらもいまは、衰退の一路です。それは言葉を含めての文化と心の衰退に通じるので悲しく、母と伯父の喧嘩(けんか)(?)さえ懐かしいのです。「浅草よ、頑張れ」と思います。例えば「銀座のど真ん中」ときくたびにウンザリです（関西でも良くない言い方だそうで）。江戸ッ子なら絶対に「まん真ん中」としか言いませんから。「だいいち、ヴァチカンのど真ん中なんて音の悪い言い方したら、神様に失礼じゃあござんせんか。ねえ、あんたさん？」。

小さなミドリ亀

「亀を拾ったの。可愛いでしょう？」

疲れて仕事から帰ると、娘が嬉しそうに水槽に入れた小さなミドリ亀を見せました。水槽にはすでに小砂利が敷かれ、甲羅干し用の石がデンと置かれ、水が低く張られて、快適な棲み家が出来ていました。

「大通りの歩道を、ノソノソ歩いていたの。危いからつれて来て上げたのよ」と娘。

「やあ亀だ。可愛いなあ」帰宅した息子も興奮。二人で名前を考えるのに夢中になりました——ちなみに娘は二十五歳。息子は二十歳の大学生。頼りなげな生き物の面倒を見ずにいられない性癖は、小さい時とちっとも変わりません。疲れも忘れて私の頰は緩みました。

娘は大学時代に大好きな友人から小さなミドリ亀を贈られ、喜んでいたのに、病気（肺に空気が入って水に沈めなくなる）で早々に死んでしまいました。病気と判って、診て貰える獣医を電話帳で探し、やっと「蟻から象まで」という医院を発見。大学の昼休みに予約の電話ができ、大学を早退して飛んで帰り「亀や、お医者様に行きましょうね」と告げた時は、小さな亀は息絶えていたとか。ひどく悲しんだ娘に親友たちは気をつかって、年賀状も控えたほど。そんな経験があって、同じミドリ亀の子を見付けたので、殊の外、嬉しいのだと言います。

「でも本当にミドリ亀なの？　外国産の獰猛なカミツキ亀がペット用に入ってきて、捨てられて増えて、いま問題になっているのよ。それじゃないでしょうね」と私が言うと、二人はムキになって、台所で夕食を作る私に、図鑑を見せに来ました。「ほら、正真正銘のミドリ亀の子。甲羅が同じでしょう？」。

亀といえば、息子も「僕、亀さんを助けたよ」と二年ほど前の初夏、帰宅するなり報告したことがあります。甲羅の長さが二十五センチくらいある亀が、わが家の近くの道端で干からびて動けなくなっていたそうです。わが家近くには区の庭園があり、大きな池があって、亀も棲んでいます。そこの亀が迷い出たのだろうと思いつつ、水をかけてやると生気を取り戻したので、庭園事務所に持って行ったということでした。その庭園は、旧細川侯爵の下屋敷跡の庭園です。「一寸した舟遊びをしたのを覚えています」と殿様の御子息が言われたくらいの広さの池。池を囲んで高低のある相当広い庭で、季節毎に目を楽しませる花や樹木が豊かなので、散歩には最適です。娘と息子が赤ちゃんの時から、乳母車に乗せ、次には手をひき、毎日のように散歩したものです。いまは時たまの散歩ですが、大きくなった娘と息子が、段々を降りる時など「お母ちゃま、大丈夫？」と手をさしのべてくれるようになりました。でも池の中にいくつか顔を覗かせる大石の上で甲羅干しする亀を見て「あ、亀さんだ。亀さん親子が三組もいる。可愛いなあー」と、見とれる様子は二人共、小さい時と同じです。池には渡り鳥も来るので、鶴や鷺や鴨などの姿を見て、感激します。そんな生い立ちなので、わが子たちは亀に親しみを覚えるのでしょう。

池は、自然の湧き水を利用しているので、大きな鯉たちも元気ですが、一寸した澱みにオタマジャクシもいて、大きな蛙に育ちます。それがヨタヨタと、わが家の庭まで来て、冬眠したりもします。まだ啓蟄前に、私が花壇の土を綺麗にしていたら、大きな蛙がいて、眠りを妨げられたと「ゲコッ！」と怒られたこともあります。「お休み中を、失礼いたしました」と土をかけながら詫びたものです。

「蛙に怒られちゃった。放っておいたら車にひかれると思って運んであげたのにな」と、小学生だった息子が報告したこともあります。庭園からわが家に向かう道は、住宅地とはいえ、車が通ります。ヨタヨタと、たいそうゆっくり歩く蛙は車にひかれやすいのです。見かねて、蛙の向かうわが家まで運んで上げたら「ゲコッ！」と憤慨されたと、息子は悄気たのです。「感謝の『ゲコッ』ではなかったの？」と慰めると、「そうは、きこえなかったなあ」「じゃあ驚いたからよ」

――こんな会話を、よく交わしてきた親子ですから、大きくなっても小さい時と変わらないのかもしれません。

「でもねえ」と、私はミドリ亀の子に見とれて喜んでいる二人に再び「水をさすようだけど」と言いました。「この亀もあのお池の亀じゃないの？　親許へ返さなくて良いのかな？」。娘は熱心に「お池からずっと離れた大通りに居たの。だから違うと思うのよ」——「そうか」と、私も大人しく、当分は見守ることにしました。

娘は安心して、今回、亀の水槽用品を買いに行ったデパートで、亀の専門家にきいてきた話をしてくれました。『ミドリ亀の子が病気にならないようにするには？』ってきいたの。そしたら『甲羅を日光によくあてるようにしてやること』と『よく話しかけてやること』って言われたの」。

「よく話かけてやること」が大事だとは、私も花の専門家に言われました。「それに褒めてやることです。そうすると花が活き活きするのです」と言われて、庭や鉢植えの樹木や花に話しかける習慣がついています。思いなしか、それ以後、樹や花が元気です。

「生まれたばかりの赤ちゃんだからといって、何も解からないことはない。雰囲気を察知する能力は鋭いのだから、良い雰囲気に置いておやり。そしてしょっ中、話しかけておやり」と、私は母親になった時、精神神経科医の父に教えられたものです。わが子たちの場合も、その効果は驚くほどでした。性格もあるでしょうが、二人共、幼い時から明るく素直に反応する、幸せな子どもになりました。

ということは、人間を始め、生きとし生けるものにはすべて「話しかけること」——つまり関心を持ち、常に愛情を態度で示すこと」が大事、ということになります。こんな単純な（でも深い）真実を、小さなミドリ亀を前にして改めて思い出しました。それに、相手に「愛情を傾けて話しかける」という行動は、行動する人自身をも幸せにします。ミドリ亀の水槽を覗きこんでは何か話しかける子どもたち二人は、たいそう幸せそうです。

愛情を注ぐことは、人間が神様から頂いた素晴らしい能力で、磨けば磨くほど、豊かになる能力なのだ、と改めて思い到りました。ほんとうに神様は、私たち人間が幸せになれる道をお与え下さっているのだと。

共に生きる——ミドリ亀の子の続き①

「このミドリ亀の子、目がとび出していない？」

娘が、わが家近くの大通りをノソノソ歩いていたという子亀を拾ってきて飼い始めてから一ヶ月たちます。手のひらの真ん中にちょこんと乗るくらいの小さなミドリ亀の子。でも妙に目が目立ちました。

「それは栄養失調のせいよ。きっと。段々に目立たなくなると思うの」と、娘が言った通り、次第に目は普通になりました。甲羅がゆがんでいるのはカルシュウム不足のせいだろう、と息子が「亀のおやつ」というカルシュウム食品を買ってきました。そのお蔭か、甲羅も綺麗な形になってきました。

小さな子亀はよく食べました。「余り沢山、一度にやるとお腹をこわして命にかかわるから」と、娘は「亀の飼い方」のルールに従い、おやつの量も決めました。子亀は日に日に元気になってきたのです。

名前はナンタロ――私の本名、つまり亡き主人の姓は南日（なんにち）（村松は結婚前の、実家の姓）。子どもたちは友だちから「ナンちゃん」と呼ばれることがよくあります。それでつけた名です。――詳しくは、娘が大好きな友人から贈られてまもなく病死したミドリ亀の子につけた名を、踏襲したわけです――。「でも、この子、雄（おす）かな？」と私がきくと、娘は自信をもって、「雄です」。彼女もほんとうはこの亀の雌雄を見分けたかどうか、あやしいのですが。

「ナンタロや、元気？」と、家族三人に代わる代わる呼びかけられて、子亀も最初は驚いたことでしょう。が、いまは馴れたのか、呼びかけると「プカ」と泡を吹いて、亀特有の返事をしてくれます。思いなしか、表情も豊かになり、水槽の端に来て、私たちに「空腹」や「散歩」を訴えるようになりました。子亀は散歩好きだそうで、廊下に紙を敷いて一日に一回は散歩させます。眠くなると、息子が水槽の中に作ってやった穴ぐらに入って可愛く寝ています。何でも子どもは好奇心が強いらしく、子亀も散歩に出すと周囲に興味津々です。「この子は車幅感覚がないのね」と笑ったのは、甲羅がつかえて、とても入れない隙間にムリに入ろうとすることです。「甲羅にケガをするわよ」と、娘が持ち上げて移動させると、首と手足をひっこめて丸くなってフクレます。見ていて飽きない子亀です。亀の子を見ているうちに私は、動物好きだったいまは亡き叔母を思い出しました。母の妹にあたるその叔母は、一時期、犬を二匹と猫を六匹、家の中で飼っていました。その当時の叔母の家も庭も広かったので、動物たちはノビノビと一緒に暮らしていました。コリーとスピッツの二匹の犬は、仲好く家の内外を歩き廻り、猫は冬には、当時の暖房のスチームの上に鈴なりになって寝ていました。

ある日、優しい叔母が妙に興奮しているので、何事かと思ったら、こんな話でした。

「池のそばで、大きな蛙が、お腹が裂けて苦しがっていたのよ。かかりつけの獣医さんに電話したら、『蛙は診たことがないからダメ』って言うの。『蛙はダメだなんて言うのなら、他の獣医さんを探して、今後は家中そっちにかかります』って言ったの。そしたら『じゃあ、やってみる』って来てくれて、蛙のお腹を縫ってくれたのよ」

「それで蛙は大丈夫だったの？」

「大丈夫だったみたいよ。嬉しそうにお池に戻って行ったから」

「でも、どうして蛙のお腹が裂けたの？」

「たぶん、猫が爪でひっかけたのじゃないかって、獣医さんが言ってたわ。猫たちはジャレたがるし、大きな蛙ってノソノソ歩くから。それで私、お説教したのよ」

「誰に？」

「犬と猫たちによ。犬二匹と猫六匹、全部集めて坐らせて、二時間も言ってきかせたの。くたびれちゃったわ」

「何て言ってきかせたの？」

「蛙の肌は爪に傷つきやすいのだから、触ってはいけないって」

「わかったかしら？」

「わかったと思うわ。みんな神妙にきいていたから」

ほんとうにみんな、わかったのかなあ、と私は思ったけれど、その後蛙がケガした話はきかなかったので、きっとわかったのでしょう。月日がたち、犬と猫がみんな死んでしまった頃、家も引っ越してから、叔母は猫のヒマラヤンを飼うようになりました。ペルシャ猫とシャム猫の混血の、大きなぬいぐるみのような猫でした——私が近年、英国の劇作家の書いた「ベル・ブック・アンド・キャンドル」(御ミサ用の鐘と聖書とローソクのこと) という名作の女主人公の魔女を演じた時、抱いて登場したのがヒマラヤンでした。西洋では魔女に猫はつきものです。シャム猫が感度が鋭く、カーテンを駆け登るような機敏さがあるので、魔女の傍らに似つかわしいのだそうです。でもシャムは細身で毛も短いので、シャム風の顔立ちでも大きくて毛の長いヒマラヤンの方が舞台向きでした。実物そっくりのぬいぐるみも手に入りましたし——

ヒマラヤンも感度は鋭い猫です。叔母が抱いている時、片方が金色、片方が銀色に光る目を見て、魔力さえ感じたものです。その猫は、叔母が癌で亡くなると、一週間後に眠るように後を追って死にました。「共に生きる」という意味の言葉が、聖書の中にはたびたび出てきます。大好きな言葉です。この言葉を精神的にだけでなく、身体中の感覚で受けとめるようになったのは、母親になってからです。身体の底から湧き上がってくるこの感覚は、母親ならではのものかしら、とまず思いました。でもそれを、神様はマリア様とイエズス様を通して、私たちに教えて下さっていたのだと、母親になって後に、感動と共に知ったのです。

親にその姿勢を見せられて育つ子どもは、素直にそれを受けとめるようです。そして自らもその姿勢を示すようになるようです。私はわが子たちがその姿勢を見せてくれる時にたいそう幸せな気持ちになります。そうして、拾ってきた小さなミドリ亀の子を熱心に世話するわが子たちにつられて、私も生まれて初めて子亀を可愛がるようになりました。神様は、ほんとうに小さな小さな生命とも「共に生きる」幸せを教えて下さる、と改めて感動しています。

「鹿鳴館」公演を終えて

――プログラム原稿から――

昭和四十二年、三島由紀夫先生が「鹿鳴館」を、私の朝子で上演すると言われたとき、私はまだ二十九歳でした。二十歳くらいの息子、久雄がいる役だというのに（役の年齢に関しては、朝子が三十代中頃、久雄が十代後半という設定になりました）。

私以前の朝子は、杉村春子、水谷八重子両大女優で、お二人共、私の母と同年齢です。当時私は、三島先生に「僕は役者を育てたことはないが、戯曲を通して英子を育てたい」と言われて三年。三島潤色でユゴーの「リュイ・ブラス」の王妃を演じ、第一回紀伊國屋演劇賞個人賞を頂いたばかりでした。先生は大喜びして下さり、その直後の決定でした。当時の劇団NLTは陽気な人ばかり。「英子が『タツミ芸者は三十歳になるまで生きてないんですってねえ』なんて大声出したから、三島先生が急いだんだぞ」と冗談を言いながら、皆うきうきと準備にかかっていました。

私ひとりが深刻に「私に出来ますか？」と三島先生にせまり「できる。伯爵夫人は心配ない。ただし元芸者の部分を、新橋に通って学んでおいで」。――紹介されたのは業界一とされる新橋の置屋「菊本」。女将の轟はんさんは無形文化財。私が手をついて「無粋に育っておりまして」とかしこまると「心配要りません。芸者の育ちも様々で、料亭や置屋の娘が何も知らずに育って、芸妓になることもござんすしね」。女将はききしに勝る一流の文化人でした。大事なのは接客者としての信念、愛情、お行儀、機転、そして誇りと知りました。

ヒロイン朝子は左ヅマを取った芸妓でしたが伯爵夫人となって右ヅマで登場します。「左ヅマを取る時の芸者は、殿方が戦場に赴く時と同じ心境でござんすよ。右手は殿方の御用をするためにあけておくのです」。結婚後はその必要がないので右ヅマ。女将は自ら私と一緒に座敷を歩き廻って教えました。他の所作も全て明快な説明付で、丁寧に手を取って教えられた心得は、見事な文化に思えました。修業中にお座敷をかけて下さる方もあり、（私はお客で）女将の当意即妙な接客ぶりに感銘を受けました。一瞬でも話が途切れると自らを三枚目にした話で品良く笑わせ、話題を提供。背筋をのばし、姿勢の崩れないのは女王陛下なみ。――何事もお行儀の悪いことは全て「安い」と嫌った女将。その教えと経験はここには書きされませんが、私は世界に冠たる貴重な「日本文化」に触れた思いでした。

「良いぞ。良いぞ。英子は新橋に行って良くなった。アッハッハ」と三島先生はご機嫌でした。

「この役を演じるのは自衛隊ならレンジャー部隊を経験するようなものだ。後は恐いものは無くなるよ」と励まされつつ、必死になって迎えた初日。

初日は三島先生の周りの恐いお客や批評家、そして新橋の女将と、親しくなったお姐さんたちがずらりと並ぶのが目に入りました。「初日はアガるものよ」と杉村、水谷両大先輩からも言われましたが、それどころか、当日は序幕で、足に筋肉ケイレンを起こしました。震えは客席にまでわかったほどです。「震えるなんて感じが良い」と終演後、戸板康二氏に握手を求められ、それ以来お親しくなるというケガの功名もありました。必死だけがとりえの若い私に、批評家も観客も優しかった初日。「大輪の花が咲いた」と三島先生が、上機嫌だった懐かしい初日。

その後、書き下ろしの「朱雀家の滅亡」「サド侯爵夫人」（再演で夫人ルネ）「癩王のテラス」サルドウの「クレオパトラ」「薔薇と海賊」と、休む間もなく大役のヒロインを頂き「鹿鳴館」から三年後の昭和四十五年に先生は亡くなりました。「鹿鳴館」から三十余年。娘が頸子役で出演させて頂くほど大きくなり、息子は（久雄なみに）二十一歳になりました。「でも今回の初日も震えてね。懐かしいから」と初演を観た横溝幸子氏（演劇批評家）に冗談を言われました。

「少しは震えるかもしれないけれど、筋肉ケイレンはもうイヤ」と思います。

*　*　*　*　*

以上は、この七月に「鹿鳴館」を、三十六年ぶりに上演した際のプログラム原稿です。「鹿鳴館」は、私の演劇上の恩師、三島由紀夫先生の代表作の一つです。

ヒロイン朝子は、現在は伯爵夫人だけれど、元は新橋の一流芸者。その「粋な文化」の特訓を、若い頃、うけたのです。当時、新橋でお世話になったお姐さんたちの中で、いまも現役の方々が、今回観に来て下さったのは、ほんとうに嬉しいことでした。それから母性。朝子には、芸者時代に恋人（現在は夫の政敵）との間に生まれた息子がいます。父親にひきとられて育ったその息子と、ほぼ二十年ぶりに再会するのです。若かった時の私は、青年期の息子をもつ母親の心情を滲み出させるため「マリア様、力をお貸し下さい」と祈ったものでした。

筋書きを簡単に書くと――。明治十九年頃、外務大臣、影山伯爵の夫人、朝子は、家に引きこもり、夫の主催する鹿鳴館の夜会に決して出ません。天長節の祝日、夜会を控えた朝に、親しい大徳寺侯爵夫人が娘をつれて頼みごとに来ます。娘の恋人の青年が別れ話に来た。それは今夜、政府の要人（恐らく影山伯爵）の暗殺を企んでいるためと察した侯爵夫人は、暗殺を止めさせ、二人の恋を成就させてやりたい。それで朝子に「貴女から青年を説き伏せて欲しい」という依頼です。現れた青年は、朝子の息子でした。

朝子が、母親であることを打ち明けた後、息子は言います。

「僕が今夜、暗殺しようとしているのは、僕の父親です」

朝子は昔の恋人（清原）を邸に呼んで二十年ぶりに会い、暗殺計画の舞台となる鹿鳴館の夜会に、初めて自分は出る。かわりに、反政府運動を「今夜はとりやめて」と約束させます。「これで恋人も息子も救われた」と思う朝子。しかし初めて夜会に出る朝子に不審を抱いた影山伯爵は、朝子の奥女中を口説いて、朝子の秘密を知り、裏をかく行動に出ます。その結果、息子は初めの計画通り、暗殺すると見せかけて、父親の自衛のためのピストルの弾で死にます。「それが冷たい父親だった自分へのあいつの復讐だったのだ」と衝撃をうけた清原は、影山の刺客に殺されることが暗示され……。悲劇を背景に鹿鳴館の舞踏会は華やかに続き、すべてを知った上で朝子は、影山伯爵と組んでワルツを踊り続けるのです――。

幸い、今回の舞台は大成功。客席は補助席が何回も出る大盛況のうちに終わりました。再演の声も上っています。神様とお世話になった皆様への感謝のうちに、この芝居のもつ「新しさ」をかみしめています。

最も小さい者――ミドリ亀の子の続き②

「亀ちゃんは元気？」

「ナンタロちゃんはどうしてる？」

最近、友人たちに言われます。前に御紹介した小さなミドリ亀の子。6月に、大通りをウロウロしているのを見た娘が拾ってきて、家族の一員になった亀です。

7月には、紀伊國屋サザンシアターで「鹿鳴館」（三島由紀夫作）を上演。娘も共演。息子は大学の試験期が重なり、皆が留守がちで、子亀には淋しい思いもさせました。でも、公演の前後には、人が訪ねてくれば必ず紹介。8月の家中での避暑にも、9月の旅行にも、子亀は小型の水槽に入れてつれて行きました。

前にも書きましたが、動物にも植物にも、「しょっ中話しかけること」「褒(ほ)めてやること」で、愛情を注ぎ続けることが大事だと教わりました。それが彼らにイキイキとした活力を与え、スクスクと素直に成長させる秘訣だと。私たち人間の子どもを育てるのと同じだと、感じ入りました。

「ナンタロや、気分が良い？　良い子ねえ。お利巧ねえ。可愛いわねえ」と、私は水槽ごしに子亀のノドを撫でながら、しょっ中言います。子亀は気持ち良さそうに、首をあげ、ノドをのばせるだけのばし、そのまま手足ものばして寝てしまうこともあります。

「お母ちゃまのその声きくと、何だか羨しいよ。前に僕がよくきいてたから」と二十一歳の息子が言いました。「でも、きみたちにはこの十倍以上の褒め言葉があったでしょ」「そうだったわね。歌もあったし」と二十五歳の娘。「そうだね」と息子は微笑みました。

二人が赤ちゃんの時から、私はそれぞれに決めたテーマソングを子守歌と一緒に歌ってきました。娘には「レイヲニ」――ビング・クロスビーがヒットさせたハワイアン。作曲者が幼い愛娘のために作った愛情溢れる歌詞で、その愛娘の名がレイヲニ――それを、娘の名にかえて歌ったのです。息子には「セ・シ・ボン」――直訳すれば「こいつぁ良い」とでも言いましょうか。シャンソンの軽い楽しい歌です――歌詞の中に息子の名を入れ、褒め言葉を沢山入れた、かえ歌にして歌いました。幼い日の息子は、私が腕に抱いて拍子をとりながら歌うと、気持ち良さそうに「ボン、ボボン」と合の手を入れていたものです。

歌はどちらも長い間歌ってきたので、子どもたちの耳にはそれぞれの「自分の歌」が刻まれています。娘は懐かしくなったのか、夏のドライヴ中、車に入れてあったクロスビーのテープをかけていました。「レイヲニ」が入っていますから。子亀のお蔭のなごやかさは、こんな所にも及びました。

子亀を軽井沢町追分の家（標高千メートル）の家につれてゆくのは大騒ぎでした。東京より気圧が低いので、お米を炊く時も、コンピュータ制御の炊飯器になるまでは失敗もあったくらいです。「気圧が低いと、内臓がフクレるのでしょ。飛行機で妊婦が産気付くのはその影響よね。子亀は繊細なはずだから心配だわ」と娘。「国際線の飛行機は一万メートルも上空よ。千メートルなら車で段々登ってゆくうちに馴れるから大丈夫でしょう」と私は慰め、娘は相当慎重に運転しました。子亀にとっては幸か不幸か、碓氷峠下が混んでいたので、廻り道して群馬県側から時間をかけて到着。子亀が一番、元気でした。

高原では寒い日もあったので、水温調節に気をつかい、暑い日に虫が出て来ても防虫剤はナンタロを避難させるまで使えず。いつも私たち家族にとって「最も小さな者」を中心に動くのは、赤ちゃんがいるようなもの。――イエズス様の「わたしの名のゆえに、この幼な子を受け入れる者は、わたしを受け入れる者である。また、わたしを受け入れる者は、わたしを遣わされた方を受け入れる者である。あなたたちみんなの間で、最も小さい者こそ、最も偉い者である」（ルカ9・48　マタイ10・40　ヨハネ13・20　傍点筆者）を、思い出したものです。高原の家へのお客は、年齢も様々でしたが、ナンタロの存在は皆の心をなごませてくれ、笑いが絶えませんでした。

帰京後の9月。すぐの講演先が桑名の長島温泉。「折角ですからお子さんたちもどうぞ」という有難いお招きに、娘と息子も喜んで同行したので、またまたナンタロも同伴。ホテルで「お荷物、お持ちします」と言われても、娘が「いいえ、これは結構です」と手離さないスーツケースが一つ。「?·」という顔の相手に「子亀の水槽が入っているのです」と私が説明すると笑顔に。海に面した窓際に置いた水槽から、ナンタロはじっと海を見ていました。

桑名は京都に近い。桑名へ発つ前日、私の歯の古い金の詰め物がはずれました。以前紹介した、京都の歯科の名医に連絡。子どもたちも診て頂きたいし、帰りに京都に寄りました。お昼すぎにまず京都のホテルへ。再びホテルの人と娘との間で「お荷物を」「いいえ、これは」のやりとりが再現。私が説明して相手が笑顔になったのも同じでした。

子亀を散歩のために室内を歩かせると、たちまち狭い所に入り込みます。人の手の届かない隅を見付ける名手なので、掃除の行き届いた一流ホテルでもホコリをつけて出て来て、娘に洗われていました。

「亀と一緒?·」と歯科の先生に驚かれました。夕食を御馳走になった後、先生が予約して下さったホテルの私たちの部屋にお誘いした時です。「子亀を御紹介したいし、部屋でコーヒーを」と、少し強引に。

「可愛いもんですなあ。何亀です？」「ミドリ亀の一種で、ミシシッピーアカミミガメの子です」と娘。皆の注目を集めると安心なのか、子亀はいつものように水中での立ち姿で、首と手足をのばしたまま寝入りました。先生と私たちの話はつきませんでした。

子亀のナンタロは、8月と9月に随分一緒に旅行したことになります。その間にますます甘えん坊になって、私たちを見ると水槽の水中を私たちの方にバタバタ走って来るようになりました。呼んでも同様です。淋しがりなので、水槽ごしにノドを撫でて話しかけると満足します。お腹が空くとジタバタと騒いで「プカッ」と言って要求します。6月に拾った頃の二倍半になって、「亀用」の餌を食べる量も増えました。私たちの手から、小さな前足を私たちの手にかけて、食べる習慣がついたので、空腹だと、水槽の中から指先めがけて「パクリ」と噛むしぐさもします。(歯はありませんが)「そのうち、外へ出すと人の後をついて歩くようになりますよ。亀は利巧だから」と、飼ったことのある人に言われました。

わが家の「最も小さい者」は、家中の関心の的で、皆で面倒を見ています。が、わが家での「最も偉い者」らしく、皆の「心の面倒」を見ているのは、小さな彼なのかもしれません。

おわりに

はじめに書きましたように、カトリックの月刊誌「家庭の友」(サンパウロ刊)に五年前(一九九八年)から連載中の、今秋号までを、講談社が、一冊の本にまとめて下さいました。

本のタイトルは、連載中の総タイトルを生かし、個々のタイトルももちろん、そのまま。頁(ページ)数の関係で、割愛したり、キリスト教に馴染みのない方々のために多少手を入れることはしました。が、もともとの雰囲気を出すことに、気を使って下さった編集部の皆さんに感謝しております。

私の舞台公演のための期間は、仕事が中断されても、辛抱強く待ち、常に明かるく励まして下さった編集の田中由紀さん。本書をまとめるにあたって、改めて生じる質問に、にこにこと真摯(しんし)に御指導下さった「家庭の友」編集長、山内堅治神父様。そして、素晴しい装幀をして下さった熊谷博人氏——皆さまに、心からの感謝を捧げます。

二〇〇三年十月十日

村松英子（むらまつ　えいこ）

慶應義塾大学大学院英文学科修了。文学座を経て三島由紀夫氏に女優として育てられ、氏のほぼ全作品を主演。第一回紀伊國屋演劇賞個人賞受賞。氏の没後、演劇母体サロン劇場を主宰。テレビ、ラジオ、映画、商業演劇にも多数出演。夫の病没後、二児のために控えていた演劇を八年前より再開。倉敷市劇場「芸文館」初代館長、鳥取女子短期大学英文科教授、北海学園大学、母校慶應義塾大学講師等を歴任。

主な著書に、詩集『ひとつの魔法』『一角獣』、随筆集『天使とのたたかい』『愛はわが家から』『貴女への贈りもの』等のほか、翻訳も多数。

N.D.C.914　238p　20cm

こころの花（はな）
あなたと共（とも）に

二〇〇三年十一月十二日　第一刷発行

著　者　村松英子（むらまつえいこ）
発行者　野間佐和子
発行所　株式会社講談社
東京都文京区音羽二－一二－二一　〒一一二－八〇〇一
電話　販売部〇三－五三九五－三六二二
業務部〇三－五三九五－三六一五
企画編集　株式会社講談社出版研究所
代表　笹川　隆
東京都文京区小日向四－六－一九　共立会館　〒一一二－〇〇〇六
電話　〇三－三九四三－二六一三
印刷所　豊国印刷株式会社
製本所　島田製本株式会社

ISBN4-06-211896-3